DIE STADT DES ABENDS

Artis LuMara

Bibliografische Information der Deutschen Nationalbibliothek:
Die Deutsche Nationalbibliothek verzeichnet diese Publikation in der
Deutschen Nationalbibliografie; detaillierte bibliografische Daten sind
im Internet über http://dnb.dnb.de abrufbar.

© 2020 │ Artis LuMara

Lektorat: Ina Hemmelmann
Korrektorat: Verena Geißler
Design & Illustrationen: Fee Ilse │ fee macht das.
Verlag: BoD - Books on Demand, Norderstedt
Herstellung: BoD - Books on Demand, Norderstedt

ISBN: 978 3 752 63897 4

GEWIDMET

Der Sonne, die mein Universum war.
 Für deine Liebe und deinen Glauben an mich.
 Für dein unermessliches Leuchten, deinen Mut.
 Für mein Leben.
 Für alles.

 Für unausgesprochene letzte Worte.
 In Liebe

Den Reisenden aus Karamell.
 Für Seelenrettung auf hoher See.
 Für Kraft, Freundschaft und Vertrauen.
 Für die neuen Horizonte, die ihr mir zeigt.
 Für unsere Abenteuer und Reisen.

 Für alles, was ihr seid.

Dem neuen Stern.
 Für deine Klarheit, für deine Unerschrockenheit.
 Für dein hell brennendes Feuer und deine Stärke.
 Für deine ganze kostbare Existenz.
 Für die neue Welt, die du erschaffst.

 Für jeden, gemeinsamen Augenblick.

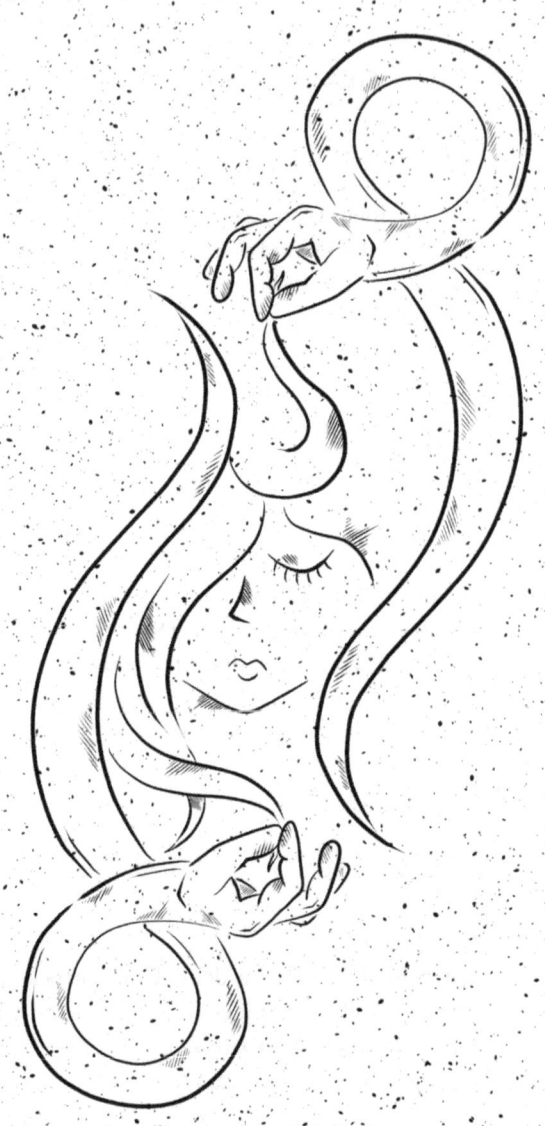

DIE DAME AUS ZUCKER

I n der Stadt des Abends lebte eine vornehme Dame. Jeden Spätnachmittag flanierte sie im roten Schein der untergehenden Sonne die immer gleiche Straße auf und ab, in der sie lebte. Jeden Tag trug sie dasselbe weiße Kleid. Es stammte aus einer Industrieanlage. Irgendjemand hatte es für sie genäht. Irgendwann einmal. Es war unwichtig. Ihre Hände waren von Spitzenhandschuhen bedeckt. Sie waren mit der Zeit steif, ja geradezu spitz und kantig geworden. Stets schritt die Dame unter ihrem weißen Spitzenschirm die Straße entlang, der über und über mit einem glitzernden Film überzogen war, als wäre er aus tauendem Eis. Bloß schien er weicher zu sein: so sanft und hart zugleich wie Zuckerwatte.

Ihre Schritte kannten kein irdisches Ziel. Sie setzte einen Fuß vor den nächsten und kam sie an einem Ende der Straße an, so machte sie sich zum anderen auf. Sie lief immer denselben Weg, Tag für Tag. Oft entglitt ihr ein Seufzen, wenn sie kehrt machte. Doch das Seufzen erlaubte sie sich nur dann, wenn sie sicher sein konnte, dass niemand es hörte. Denn die Dame klagte nicht. Eigentlich ging es ihr ja gut. Eigentlich – das war ein hartes Wort, wenn man es genau bedachte. Eigentlich bedeutete: in Gedanken, aber nicht im Herzen.

Ach, weh ihrem Herzen!

Es schlug unter dem immer gleichen weißen Kleid einen immer gleichen Takt. Das Pochen war ein beruhigender Anker, ein Zeichen für Zeit und Leben und für all die Dinge, die sie liebte. Dachte die vornehme Dame in Weiß an ihr liebevolles Herz, entglitten ihre Züge zu einem unkontrollierten, kurzen Lächeln. Sie verbarg es schnell hinter den Spitzenhandschuhen und einem scharfkantigen Fächer. Denn ein Lächeln war eine Einladung und die vornehme Dame lud niemanden ein.

Tagein tagaus setzte sie die Schritte auf die gleiche Straße, ohne dass sich ihr Lebensraum dadurch erweiterte. Sie lief gleich einem Hamster in einem Laufrad auf dem immer gleichen Flecken Erde. Hinter dem Ende der Straße lag die große weite Welt. Dort gab es Freiheit, dachte die Dame oft. Doch war es ihr nicht erlaubt, die unsichtbare Grenze am Ende der Straße zu überschreiten.

Obwohl sich die Dame stets an die ungeschriebenen Regeln ihrer Welt hielt, gab es viele Probleme in ihrem Leben. Jeden Tag bewältigte sie so gut es ihr gelang und wahrlich es gelang ihr gut. Niemand sonst konnte ihr Leben führen, niemand sonst konnte verstehen, wie es ihr erging.

Kaum eine Aufgabe konnte sie erledigen, ohne dass jemand dicht zu ihr trat, sie umschmeichelte und an ihr *leckte*. Sie schmeckte süß und alle wussten davon. Die vornehme Dame war aus Zucker gegossen. Jeder wollte sie einmal kosten. Doch wehe, wenn sie sich ihnen zu gleichmütig ergab; noch schlimmer war es nur, wenn sie sich *wehrte*. So und so zehrten all die vielen Zungen an ihrem Körper, ihrer Seele. Ohne, dass sie nach den ungeschriebenen Regeln ihrer Welt etwas dagegen zu tun vermochte. Die Dame aus Zucker hielt inne. Sie war am Ende der Straße angelangt.

Wenn es regnete, verbarg sie sich hinter Glas und sah hinaus in die immer gleiche Straße. Dann waren auch die anderen Bewohner der Stadt nicht unterwegs. Die Dame liebte den Regen. Was hätte sie darum gegeben, hinausspringen zu können in das frische Nass, das sich in Pfützen sammelte, alles hinfort wusch aus den schmutzigen Straßen und aus dem Herzen. Der Regen machte so frei und leichtmütig um das sonst schwere Herz. Sicher wäre die Dame aus Zucker ihrer Straße längst entkommen – wäre sie eben nicht aus Zucker und schmeckte nicht so süß. So sagte man. Im Sommer suchte die Dame in Weiß den Schatten und die Kälte. Denn in der Sonne schmolz sie. Gerade wenn es heiß wurde, kamen die anderen und kosteten von ihr. Einige brachen ganze Stücke von ihrem Kleid ab, das, einmal zerstört, nie wieder gerichtet werden konnte. Andere leckten ihr über die Wangen, den Hals oder die Beine. Einige wenige kosteten sogar von ihren Schuhen und ihrem Haar. Die Dame aus Zucker wartete dann geduldig ab, bis die Leiber gestillt und der Weg bis zum Wendepunkt der Straße endlich frei war. Dann lief sie. Auf und ab. Ab und auf.

Die Dame aus Zucker war oft draußen in den Straßen. Zuhause hielt sie nichts. In ihrem Haus wohnten raunende Geister, deren Wehklagen und immer gleiches Beschweren die Dame nicht lange ertragen konnte. Nur bei Regen blieb ihr keine Wahl, dann verbarg sie ihren zuckrigen Körper hinter den schützenden Wänden ihres Hauses. Oft machten die Geister sich einen Spaß daraus, Kreise um die vornehme Dame zu fliegen, wenn sie im Wohnzimmer saß und ein Buch lesen wollte. Sie umflogen sie dann immer schneller, bis die Dame aufstand und etwas anderes tat. Sie ärgerte sich nicht darüber. Ärger verklang seit langem schon in einem Meer aus Gleichmut.

Wenn andere ihren Weg kreuzten, sah die Dame aus Zucker stets geradeaus. Sie fixierte dann etwas Fernes mit den Augen und besonders mit den Gedanken. Sie hörte dann auf *da zu sein* bis es wieder einen lebenswerten Platz für sie in der Welt gab, zu dem sie zurückkehren konnte. Sie tauchte ab, hinein in eine sichere Welt, in die nur die Seele fliehen konnte. Nicht der Körper. Das war schade.

Die Dame aus Zucker gehörte nicht in die Stadt des Abends. Sie fühlte es schon seit langem. Vielleicht sogar seit Anbeginn.

Sie besaß keinen Spiegel. Denn sie wollte die Leere nicht sehen, die dort blieb, wo einst ein Schuh, ein Saum, ein Haar, ein Finger oder ein anderes Stück von ihr gewesen war, das die gierigen Zungen ihr entrissen hatten. Sie sah nie an sich herunter. Es ängstigte sie zu Tode. Es war so gefährlich, einladend süß und wasserlöslich zu sein. Man bediente sich hemmungslos an ihr, als gäbe es sie gar nicht. Ihr Leben war ein pausenloses, immerwährendes, qualvoll langsames Verschwinden, in das sich die stetige Hoffnung darauf mischte, dass sich die Dinge ändern würden. Irgendwann.

Um alles auf der Welt wollte sie ihr Schicksal wenden, aufbegehren und das eine Mal laut in die Straße schreien: *Mag sein, ich bin aus Zucker, aber ich bin frei!* Doch die Dame war gut erzogen, deshalb schrie sie nie; und war auch nie frei.

An einem wolkenverhangenen, grauen Tag im Frühling war es draußen kalt. Eiskristalle zogen sich über die Fenster im Haus der süßen Dame. Ihr Blick verfing sich daran. Eis war etwas Faszinierendes: Es war steinhart, doch erfuhr es Wärme, schmolz es zu Wasser. Vielleicht, ersann die Dame, gab es von allem, das da war auf der Welt, verschiedene Stadien. Je nachdem, in welcher Umgebung es gerade existierte, war ein und dasselbe ein kräftiger Eiskristall oder fließendes Wasser, das durch jeden Spalt entkam.

Vielleicht könnte sie selbst bitter schmecken, wenn es hagelte. Oder nach Galle riechen, wenn es eiskalt war. Sie wusste es nicht, denn sie verließ ihr Haus ja nur bei Sonnenschein aus Vorsicht vor dem Regen, in dem sie sich auflösen würde. Vorsicht hatte man die Dame aus Zucker ihr ganzes Leben lang gelehrt. Auf Vorsicht verstand sie sich gut. Oft dachte sie „*Bestens!*“, doch „*Gut*“ musste genügen. Es war sonst anmaßend, auch das hatte man ihr lange beigebracht. So blieb alles wie es war: unversucht. Mit der Zeit schwand die Hoffnung der Dame aus Zucker auf Veränderung vollends und je weniger Hoffnung sie hegte, desto mehr verzehrten sie Hass und Verzweiflung. Es gab keinen Ort für sie als diesen einen immer gleichen, unerträglichen.

An einem heißen Tag im Sommer stand die Dame wieder am Ende der Straße an der unsichtbaren Grenze, die sie nicht überschreiten durfte. Sie sah weit hinaus in die Ferne, bis zu dem Ort, an dem alles zu einem verschwamm. Reglos stand sie so da für Stunden. Die anderen in der Straße tuschelten und rotteten sich um sie herum zusammen, um sich am köstlichen Süß der Dame zu laben. Obwohl sie sich nicht wehrte, kamen sie oft in Scharen. Sie fühlten sich dann überlegen und waren es nie. Sie waren klein und schwach. Sie waren niemand. Etwas in der Seele der Dame zerbrach, als sie dies dachte. Ein altes Innehalten zerbarst in tausend Teile. Tief in ihr richtete sich etwas auf, wie ein Vogel in einem Käfig, der zum ersten Mal im Leben seine Schwingen ausbreitete. Dem Käfig zum Trotz. Sie wirbelte herum, sah die Meute und – *rannte*.

Ihr Atem rasselte noch, als sie die Tür ihres Hauses zu warf. Die Geister darin raunten missbilligend auf, doch die Dame schenkte ihnen keine Beachtung. Die Geister schimpften sie unsägliche Namen. Doch das hielt die Dame aus Zucker an diesem Tag nicht mehr zurück. Ihre Füße trugen sie bis zur Küche. Dort schürte sie den Ofen an, bis er hell glühte. Sie nahm ihren Schirm, den Fächer und – sprang hinein.

Von diesem Tag an schnitten sich all die anderen an den scharfen Kanten. Die gierigen Zungen bluteten dann schmerzend und lange, bis sie lernten sich zu zügeln. Denn von diesem Tag an war die Dame aus Zucker nicht mehr die Dame aus Zucker, sondern die Reisende aus Karamell. Gehärtet und glühend heiß war sie dem Feuer ihrer Wut entstiegen.

Und keine unsichtbare Grenze vermochte es mehr sie zu halten.

FIGUELLE

F iguelle war ein ganz normales Mädchen. Sie lebte mit ihren Eltern in einem großen Haus, in dem es keine Treppen gab. Dafür Fenster und zwar große, hohe, durch die man den weiten Garten sehen konnte, wenn man auf dem Sofa saß und aus tiefen Tassen heiße Schokolade schlürfte. Figuelle war ein glückliches Mädchen. Sie liebte die Schmetterlinge und sorgte sich bei Regen um deren Flügelstaub. Einst hatte Figuelle jemand erzählt, dass Schmetterlinge von Feen verzaubert wurden, sodass sie Flügel bekamen und von kriechenden Raupen im Salatbeet zu wundersam bunt tänzelnden Schmetterlingen wurden, die Schlag um Schlag mit ihren winzigen, zauberhaft bemalten Flügeln die größten Distanzen zurückzulegen vermochten.

Figuelle bastelte ein Haus für die Schmetterlinge, besser gesagt einen Unterschlupf. Dann stand sie bei Regen am Fenster und hielt Wache, ob die Flugtierchen den Unterschlupf fänden und darin sicher wären. An einem Tag legte ihr lieber Vater Figuelle die Hand auf die schmale Kinderschulter und sagte, ohne sich zu ihr hinzuknien:

„Die Schmetterlinge kommen zurecht, Figuelle. Sie wissen, wie sie sich schützen können. Im rechten Moment entdecken sie große

Blätter, Blüten oder Äste unter denen sie Schutz finden. Sorge dich nicht um die Schmetterlinge, mein Schatz. Pass lieber gut auf dich auf! Du bist noch so klein und musst selbst noch lernen, wo du dich verstecken kannst, wenn die Welt unwirtlich wird."

Der Vater war ein guter Mann. Er war alles, was ein Vater nur sein konnte: Stattlich, einfühlsam, stark und er wusste alles über die ganze, weite Welt! Er tröstete Figuelle, wenn sie es mit der Angst bekam, weil Monster hinter Ecken in Schatten lauerten. Dann fand sie in seinen Armen Schutz. Was wollte der Vater denn bloß? – Figuelle wusste doch längst schon, wo sie Zuflucht in der Welt fand: Beim Vater und der Mutter! Ach, die liebe Mutter! Die allerliebste Mutter! Figuelle konnte sich nicht vorstellen, jemanden mehr zu lieben als ihre Mutter und ihren Vater und ihre Geschwister und sie alle liebten Figuelle mindestens genauso innig.

Eines Sommers allerdings veränderten sich die Dinge. Die Eltern benahmen sich von einem Tag auf den nächsten seltsam ... sie brachten Blumen – so viele Blumen! – in Figuelles Zimmer und niemand räumte es mehr auf. Alles blieb so wie es war. Als wäre die Zeit im Kinderzimmer zum Stillstand gekommen. Stattdessen stellten die Eltern überall im Haus Bilder von Figuelle auf. Bilder vom Urlaub am See, vom Skifahren in den Bergen und vom ersten Schultag. Bald schon war das ganze Haus von oben bis unten wie ein Figuelle-Tempel. Sie sammelten sich alle oft im Wohnzimmer, aber es war nicht mehr so wie früher. Irgendetwas war anders, aber Figuelle konnte sich keinen Reim darauf machen. Natürlich fragte sie die Eltern:

„Mama, Papa, was habt ihr? Wieso seid ihr plötzlich so traurig? Habe ich etwas Falsches gemacht?"

Aber die Eltern antworteten nie. Sie fingen dann bloß an bitterlichst zu weinen. Es war ein Mysterium.

Auch aus den Geschwistern war kein Wort herauszubekommen. Figuelle versuchte es oft. Sie trat dann dicht an den Bruder und die

Schwester heran, die Zwillinge waren und einige Jahre älter als Figuelle. Dann flüsterte sie ihnen ins Ohr:

„Wisst ihr, was die Eltern haben? Planen sie etwa, uns einen Streich zu spielen? Tun sie so, als wären sie traurig und planen in Wirklichkeit eine Überraschungsfeier für uns?"

Aber die Geschwister wurden dann stets nur ganz blass im Gesicht, wie aus Wachs sahen sie dann aus. Manchmal schlugen sie sich auch ans Ohr, ganz so als wäre Figuelle eine Fliege ... und auch sie weinten dann.

Die Tage vergingen einer nach dem anderen und Figuelle konnte sich einfach keinen Reim auf das Verhalten ihrer Familie machen. Aber sie machte sich wenig Sorgen. Alles wendete sich schließlich stets zum Besten. Dieser Gedanke machte ihr Mut und so rannte und tollte sie weiterhin über die strotzende Sommerwiese im Garten, tanzte den Schmetterlingen hinterher und versuchte die Bälle ihrer Geschwister zu fangen, wenn diese auf dem Rasen spielten. Aber sie ließen Figuelle nicht mehr mitspielen. Ohnehin spielten sie viel seltener, seit alles so – seltsam geworden war. Mutter und Vater gingen auch kaum noch aus dem Haus. Sie saßen vor den Bilderrahmen, die sie aufgehängt hatten und weinten und weinten und weinten. Es mussten Meere gewesen sein. Figuelle baute Schiffe aus Papier, damit die Eltern nicht noch in ihren Tränen ertranken. Sie befuhr mit ihnen die weiten Welten des weichen Wohnzimmerteppichs, während alle auf dem Sofa beisammen saßen und schwiegen und weinten.

Figuelle hatte sie noch nie so viel weinen sehen. Das machte sie auch traurig. Aber das, was sie eigentlich am meisten kränkte, war, dass die Eltern nicht mehr mit ihr sprachen. Es war von einem Tag auf den anderen gekommen und es waren nun schon Monate vergangen! Die Kastanien fielen schon von den Bäumen und noch immer sprachen die Eltern kein Wort mit Figuelle. Konnte sie denn bloß etwas so falsch gemacht haben, dass sie das verdiente? Nein. Es musste etwas anderes geschehen sein. Mit den Geschwistern nämlich sprachen die Eltern umso mehr. Sie umarmten sich, sprachen sich gegenseitig Mut zu und trösteten sich. Manchmal wurde Figuelle wütend und sogar eifersüchtig. So gerne wollte sie auch einmal wieder in den Armen des Vaters liegen oder dem Herzschlag der Mutter lauschen, besonders nachts, wenn die Alpträume kamen. Aber es war, als wäre Figuelle Luft.

Das hielt das Mädchen jedoch nicht davon ab, sich zu den Eltern ins Bett zu kuscheln, oder mit den Geschwistern im Hof zu spielen. Sie alle ignorierten Figuelle zwar, aber sie musste es ihre Familie ja nicht gleichtun. Deshalb blieb Figuelle am Ball. Eines Tages würden sie wieder mit ihr sprechen und ihr alles erklären. Da war sie sich sicher. Ganz, ganz sicher. So sicher, wie ein Kind sich überhaupt sein konnte. Sie wusste ja schließlich auch das ganze Jahr über, dass Weihnachten kommen würde. Auch wenn sie niemals wusste, wie lange es noch dauerte. Oder wie lange sich diese Zeit anfühlen würde. Die Tage verstrichen. Dann war es Weihnachten.

Dieses Jahr bekam Figuelle keine Geschenke. Es versetzte ihr einen großen Stich. Fest hatte sie geglaubt, alles würde sich am großen Festtag aufklären. Sie hatte sich nicht vorstellen mögen und auch nicht vorstellen können, dass die Familie sie sogar an Weihnachten nicht beachten würde. Traurig saß Figuelle am Festtisch, auf dem üppige Speisen standen und köstlich dufteten. Sie schnappte sich etwas von diesem, etwas von jenem. Da sie keiner beachtete, sah sie es auch nicht ein, sich zu benehmen. So saß Figuelle am Weihnachtsabend mitten auf dem Tisch zwischen den Tellern und aß mit ungewaschenen Händen direkt aus den Schüsseln und Töpfen. Das hatten sie davon! Nun *mussten* sie mit ihr schimpfen! – Doch niemand sagte etwas.

Unter dem Tannenbaum scharten sie sich zur Mitternachtsstunde und zündeten Kerzen an. Bedächtig und still. Die Stimmung war getrübt wie alles, seit es Frühling gewesen war. Figuelle überlegte genau. Es war ein schöner Tag gewesen. Warm und wolkenlos. Der allerschönste Schmetterling war durch den Garten geflogen und

Figuelle hatte ihn entzückt verfolgt. Er tänzelte so wundersam auf und ab, dass sie wie hypnotisiert jedem Flügelschlag des blutroten Flatterlings folgte: quer durch den Garten, hinaus in die Welt, bis an die Hauptstraße und zwischen den Autos hindurch und – bis vor den Lastkraftwagen.

Figuelle blickte auf eines der Bilder an der Wand, das sie zeigte. Darin sah sie zum ersten Mal seit jenem längst vergangenen Frühlingstag ihr Spiegelbild:

In dunklen Höhlen saßen übergroße rote Augen, die schimmerten wie Rubine aus einer anderen, düsteren Welt gestohlen. Ganz so wie die Flügel des Schmetterlings, den sie verfolgt hatte am frühen Frühlingstag. Sie sah auf ihre Familie, die traurig unter dem Weihnachtsbaum saß und weinte ... und da wusste sie es:

Figuelle starb im Frühling.
Bloß hatte ihr das keiner gesagt.

MIDAS

Tief unter der Erde lag ein Keller voller Gold. Darin ruhte auf einem Berg aus unzähligen Münzen ein schlummernder Drache mit purpurnem Schuppenkleid. Dicht neben ihm befand sich ein zweites, viel kleineres Geschöpf, das friedlich und gedankenverloren den Blick über das Goldmeer schweifen ließ. Mit seiner gespaltenen Zunge glitt es genüsslich langsam über den Rand einer schillernden Münze. Der Name des Geschöpfs im Bergschatten des schlafenden Drachens war Midas.

In Midas' glänzenden Augen spiegelte sich der güldene Schein der Schatzkammer wider. Ein Anblick wie von glühender Lava und tatsächlich war Midas Lava sehr ähnlich. Genau wie sie lag auch er die längste Zeit im Verborgenen.

Der Drache, neben dessen eingerolltem Schwanz Midas saß, schnaubte im Dämmerschlaf. Funken stoben aus seinem Maul. Sie tanzten eine zeitlose Weile wie Glühwürmchen vor Midas' katzenhaften Augen auf und ab, ehe sie verglühten. Es war der wundersame Anblick einer vollkommenen, friedlichen Welt: Thronte Midas bloß auf seinem Gold, war das Leben ein Fest für ihn. Die Welt der Menschen, welche er und welche ihn *so sehr* quälten, war vergessen, sobald das helle Klirren eines Goldstückes durch Midas' bauschige Luchsohren hallte. Wie von selbst zuckten sie jedes Mal schier unmerklich zusammen, wenn das Rauschen der Münzen an sie heran drang. Midas schloss die Augen. Er bebte vor Leidenschaft bei dem bloßen Gedanken an Gold. Goldschein allein vermochte es, seine aufgepeitschte Seele zu besänftigen.

Zwischen goldstaubbedeckten Fingern drehte Midas eine der Münzen hin und her. Er war völlig in sich versunken. Die Zeit rann wie Sand durch ein Stundenglas, doch Vergänglichkeit interessierte hier niemanden. Nach einer Weile seufzte Midas zufrieden und schnippte das Goldstück davon.

Klimpernd fiel es zurück auf den Goldberg, auf dem die beiden sehr unterschiedlichen Kreaturen Seite an Seite wachten: der schuppige, monströse Drache und darunter Midas mit einem Fell so weich wie das einer Palastkatze. Sie beschützten den wertvollen Schatz. Sie *behüteten* ihn. Hier unten gab es nichts als das Gold. Es stapelte sich bergeweise an den Wänden entlang bis unter die Decke und auch die Decke selbst war mit den prächtigsten Juwelen verziert.

Die Wacht war einsam. Nur einmal hatte eine fremde Macht versucht in das Verlies einzudringen. Midas wusste es noch genau. Damals war ihm sein Schatz beinahe gestohlen worden und der Drache hatte an jenem unheilvollen Tag seine lange Narbe bekommen. Das war lange her. Nur ein Loch in der Ecke des Verlieses erinnerte noch daran.

Niemand hatte es repariert. Midas wusste nicht woher diese Nachlässigkeit rührte. Vielleicht hatte man in ihn und den Drachen nach der großen Schlacht Vertrauen gefasst. Vielleicht gab es stattdessen aber auch eine verstärkte Verteidigungslinie außerhalb der Gewölbekeller, die Midas nicht kannte.

Wie sollte er das auch wissen? Er verließ so gut wie niemals seinen Platz. Das Gold, auf dem er thronte, zu zählen, zu hüten, zu schützen, zu polieren – das war die eine große Aufgabe für ihn.

Das war die Bestimmung seines Lebens und mehr gab es nicht. Nur manchmal, wenn Sonnenlicht weit herunter von der Oberfläche durch die verwüstete Ecke des Verlieses fiel und das Gold funkelnd aufleuchten ließ, da fragte sich Midas, ob wohl noch etwas anderes auf ihn wartete. Irgendwo da draußen. Der Drache stieß im Schlaf Funken aus und Midas' Katzenaugen verfingen sich wieder im Gold.

Midas war kein Mensch. Das war klar. Aus seinem Körper ragte ein langer Schwanz wie der eines Leoparden. Buschig am Ende, genau wie seine Ohren. Er entstammte einer weit älteren Welt als die der Menschen und dennoch gab es das ein oder andere, das ihn mit den neuen Herrschern der Erde verband.

Man konnte leicht den Eindruck gewinnen, sie hätten Midas in das Verlies gesperrt zum Schutz ihres Goldes. Tatsächlich aber war es gar nicht *ihr* Gold. Es war das von Midas. *Allein* das von Midas. Die Menschen hatten mit Gold nichts zu tun, fand Midas seit jeher. Sie gruben und wuschen es bloß aus der Erde, dort wo er es vor Jahrtausenden verloren hatte, als er noch frei und – wie er heute fand – unbedarft umhergestreift war. Damals, als er dies und das und jenes vergnüglich vergoldet hatte nur durch die flüchtige Berührung seines Zeigefingers. Midas seufzte. Ach, die Jugend.

Er hatte sich damals einen Spaß erlaubt und von jedem Lebewesen, das da kreuchte und fleuchte, eines ausgewählt, das er – *bling* – für die Ewigkeit in dem wertvollen Metall erstarren ließ. So gesehen war Midas vieles. Sogar ein Mörder. Aber das kümmerte ihn nicht. Midas kannte keine Moral.

Und obwohl sie immer behaupteten, dass Moral etwas Menschliches sei, kannten auch die Menschen keine. Sie hatten all die wundersamen, antiken Schätze, die Midas ihnen hinterlassen hatte, nicht zu würdigen gewusst. In *Stücken* hatten sie sie aus dem Berg gesprengt und die Gier nach Gold hatte ihnen den Blick verklärt für das große, wertvolle Ganze, in dem so viele Antworten lagen.

Aus der Ferne hatte Midas sie dabei beobachtet. Schon von jeher hatte er in seinen goldenen Kunstwerken Antworten für die Menschen hinterlassen, weil er ihre Dummheit nicht ertrug. Wieso brannte Feuer, was ist der Sinn des Lebens, sind wir allein im Weltall? Midas musste wegen den Menschen oft den Kopf gegen eine Wand oder gegen einen sogenannten *Tisch* schlagen. Tische, das waren auch *Erfindungen* der Menschen. Wie wenig findig es jedoch war, einen Baum zu töten, um tote Tiere darauf zu verschlingen. Die doch recht banale Welt der Menschen blieb Midas' Verständnis stets verschlossen. Sie erfüllte ihn mit Verdruss.

Alles das galt für alle Zeit vor und nach einem ganz bestimmten, kurzen Abschnitt in Midas' Leben. Er erinnerte sich an jedes Detail noch genau, wohlgleich es schon so lange zurück lag. Alles hatte damit begonnen, dass er in einer mondlosen Winternacht in den Garten einer Villa gefallen war.

Die Menschen *schrieben* das Jahr 1640 und Midas bezeugte mit Entsetzen, wie wenige von ihnen des *Schreibens* mächtig waren. Jene, die es konnten, nutzten ihre Fertigkeit dazu, sich in Gewölben zusammenzurotten und sich Märchen auszudenken, die dann in großen Bibliotheken verbrannten, wenn sie mal wieder diesen oder jenen Krieg gegen irgendjemanden führten, der im Grunde genau wie sie – ein Mensch war.

Midas war also vor vielen Jahrhunderten auf der Gartenmauer eines noblen Anwesens gesessen und hatte hinein gesehen. Die Gutsherren dort in den beleuchteten Fenstern, die sich bewegten wie Puppen in einem Spielzeughaus, hatten einen von Midas' wertvollsten Schätzen für sich beansprucht. Irgendwo in diesem Haus hatten sie ihn versteckt. Allein deshalb war Midas hergekommen. Er holte ihn sich zurück.

Im Grunde brauchte er dazu nicht einmal einen Plan. Es wäre ein Leichtes gewesen, hinein zu spazieren und alles und jeden zu Gold werden zu lassen. Doch das hätte Fragen aufgeworfen und die Menschen hätten nach ihm gesucht. Wenn Midas eines nicht mochte, dann war es unerwünschte Aufmerksamkeit. Ganz generell wollte er lieber nichts mit den Menschen zu tun haben. Sie waren ihm ein Buch mit sieben Siegeln. Umso schwerer war es, herauszufinden, wohin sie Midas' Schatz gebracht hatten. Wozu verwendeten die Menschen Midas' goldenen Telepathieverstärker? Er hatte ihn einmal vor tausenden Jahren für sich selbst entworfen, um herauszufinden, ob er den Streit mit einem einfältigen Kaninchen beilegen konnte, wenn er die Dinge bloß aus der Perspektive seines Gegenübers betrachtete. Kaninchen waren komplizierte Gesprächspartner. Midas war unglücklicherweise in den Bau getreten und hatte die Hasenkinder versehentlich bei dem Versuch eines Wiederaufbaus vergoldet. Das Elternkaninchen hatte es ihm nie verziehen und Midas hatte nie heraus bekommen, wieso. Aber nur, weil der Telepathieverstärker bei dem geschädigten Langohr nicht funktioniert hatte, hieß das nicht, dass die Menschen ihn einfach stehlen durften. Natürlich hätte es ihnen viel Streit und Ärger erspart, könnten sie sich gegenseitig in die Seele sehen. Jedoch bezweifelte Midas stark, dass sie das Gerät zu irgendetwas Nützlichem einsetzen würden und außerdem war Midas – wie schon gesagt – kein Geschöpf der Moral. Er unterstand einzig und allein seinem eigenen Willen.

Midas saß also weit oben auf der efeubewachsenen Mauer des Anwesens und lugte hinein, wie eine Katze, die eine Maus beobachtete. Wenn er richtig lag, war bei den Menschen bald Schlafenszeit. Neugierig reckte Midas den Hals, um zu erkennen, welche Fenster noch erhellt waren. Dabei lehnte er sich etwas zu weit nach vorn und – *fiel*. Im Garten hatte jemand einen Laubhaufen unter der Mauer hinterlassen. Vermutlich ein fauler Gärtner. So blieb es in dieser Nacht ungeklärt, ob Midas einer Katze gleich auf allen vier Pfoten gelandet wäre. Für den Moment jedenfalls wühlte er sich schnaubend und wütend aus dem tiefen Laub.

Mit verengten Augen besah er den übeltäterischen Haufen, als wäre dieser aktiv an seinem Sturz beteiligt gewesen. So kam es, dass das Katzenwesen mit den rubinroten Augen und der Fähigkeit, alles in Gold zu verwandeln, rückwärts in den Garten hineintrat, während es sich Reste von Laub und Erde vom Körper klopfte. Goldene Funken stoben bei jeder Berührung auf. Vergoldet fielen die krausen Blätter schwer und schnell zu Boden. Midas hinterließ eine goldene Spur im Garten. Er war wie Hänsel und Gretel, nur mit deutlich mehr Stil – fand er.

Die letzten Fenster der Villa wurden dunkel. Endlich waren sie schlafen gegangen. Midas lächelte gewinnend. Dabei entblößte er seine spitzen Eckzähne. Zeit, das gestohlene Eigen zurückzuholen.

Er war ungeduldig. So ungeduldig! Es war ein Spiel, das sich die Menschen ausgedacht hatten. Es hieß: Diebstahl und Einbrecher – oder Räuber und Polizist? Wie auch immer. Midas jedenfalls würde nun in das Haus der Menschen kommen und mit ihnen *spielen*.

Leichter gesagt als getan. Als er eine der Glastüren berührte, wurde diese augenblicklich zu Gold. So schwer wie sie nun war, gab der tragende Balken darüber einen unheilvollen Laut von sich. Midas kommentierte das mit einem *Hmm* und brachte sich hinter einem Baum in Sicherheit. Nur für den Fall, dass die hohe Tür einstürzen würde. Als er so in seinem Versteck darüber sinnierte, wo und wie er nun in das Haus gelangen sollte, wenn das Eintreten der Fenster oder Türen keine Option war, fiel ein schmaler Lichtstreif in den Garten hinaus. Er endete genau vor Midas' Füßen.

Sein Blick suchte die Lichtquelle. Oben auf einem Balkon stand jemand. Ein Mensch, kleiner und zierlicher als die anderen, mit hellen Haaren. Die Kreatur dort oben hatte etwas Spannendes an sich. Midas wollte herausfinden, was es war. Er folgte dem Lichtschein durch den Garten bis hin zu dem Balkon und sah ungeniert hinauf zu dem kleinen Menschen mit dem knielangen Haar. Das Mädchen gab einen seltsamen Laut von sich. Nicht so laut, dass jemand es hörte, aber laut genug, dass Midas es bemerkte. „Wer ist da?", rief es in die Nacht. Midas zuckte zusammen. Er hatte sich nicht besonders unauffällig verhalten. Trotzdem erschreckte es ihn, ertappt worden zu sein. Was nun? Midas entschied sich für die Offensive. Er ging in die Knie und sprang aus dem Stand empor. Auf dem steinernen Balkongeländer kam er auf und setzte sich gelassen. Das Mädchen machte große Augen. „Was bist du?", flüsterte es deutlich verstört wegen Midas' unwirklichem Anblick. Menschen dachten aus unerfindlichen Gründen stets, sie hätten alles schon gesehen. Sie waren der festen Überzeugung, dass es nur die Dinge gab, die bereits bekannt waren. Folglich dürfte es Midas in ihrer Welt nicht geben – doch er saß nun einmal hier auf dem Balkon. Er wusste, dass Menschen ihren Kindern allgemeinhin nicht viel Beachtung schenkten. Niemand würde dem kleinen Kind glauben. Wozu sich also bemühen? Midas zuckte die Achseln, spazierte ohne ein weiteres Wort in das Schlafzimmer des kleinen Mädchens und huschte durch eine Tür in die Finsternis des Hauses. Irgendwo dort musste sein Hab und Gut zu finden sein.

Und tatsächlich: Der goldene Apparat stand neben einem Brunnen in der Eingangshalle der Villa. Midas grinste spitz. Das war ein Kinderspiel gewesen. Nun musste er nur noch die Treppe hinunter springen und schon war er am Zielobjekt angelangt.

Leider hatten die Menschen den Apparat auf eine Säule gestellt und offenbar alles im Boden verankert. Midas raunte. Wie unnütz! Mit voller Kraft stemmte er sich gegen das Objekt, doch es bewegte sich nicht. Vorerst entkräftet und frustriert sank er auf eine der Treppenstufen, die zur Eingangshalle führten. Von hier aus konnte man Pläne schmieden.

Midas besah sich die Decke und die Wände des Saals. Es musste hier irgendwo etwas geben, das dazu taugte, dieses schwere Gebilde aus dem Haus zu schaffen. Heimlich, still und leise. Mit einem Schnauben ließ Midas den Kopf auf die Faust sinken. Angestrengt dachte er nach, als er plötzlich hinter ihm leise Schritte vernahm. Sie klangen unbeholfen und unregelmäßig. Dann war alles still.

„Hab dich!", sagte das Mädchen mit den hellen Haaren leise. Midas schrak zusammen. Er presste sich rücklings gegen das

Treppengeländer bis ihm klar wurde, dass es nur das Kind war. Er seufzte und nahm seine Denkposition wieder ein, als wäre nichts gewesen.

„Was machst du hier in unserem Haus?", flüsterte das Kind und als Midas schwieg, fügte es hinzu: „Du bist eingebrochen, sowas macht man nicht ... bitte geh' schnell wieder weg, bevor mein Vater dich hier findet."

Als es keine Antwort erhielt und der ungebetene Gast sich auch nicht vom Fleck bewegte, seufzte das Mädchen und ließ sich neben Midas auf die Treppe fallen.

„*Wenn* mein Vater dich hier findet, wird er dich einsperren oder ausstopfen", es machte eine Künstlerpause, dann gab es erklärend hinzu: „Du bist etwas Besonderes, das sieht man gleich. Das wird jeder sehen und dafür bestimmt auch gut bezahlen. Verstehst du? Es ist gefährlich hier."

Midas schmunzelte. Sein Blick haftete steif auf dem Telepathieverstärker. Dann verengten sich seine Augen.

„Dein Vater hat das da", er deutete mit dem Zeigefinger in Richtung Apparatur, „auch hier aufgestellt, um es auszustellen?" Das Mädchen nickte. Etwas Trauriges lag in seinem Blick.

„Er ist ständig unterwegs und sammelt solche Sachen und Tiere und manchmal auch Menschen. Er verkauft alles dann weiter oder er stellt es aus."

Midas sah das Kind interessiert an. Ein Mensch, der andere Menschen ausstellte oder verkaufte? Das passte zu einer Gattung, die Midas' wertvolle Goldkunstwerke gespickt mit althergebrachtem Wissen stückweise aus Felsen hackte und einschmolz. Diese felllosen Kreaturen und ihre Machenschaften ... Obwohl sie so viele Regeln und Idealvorstellungen hatten, war und blieb ihre Welt unberechenbar. Midas beschloss, so schnell es ging wieder von hier zu verschwinden.

Man wusste bei den Menschen eben nie, auf welche Monster man unter ihnen stieß und hier schien ein ganz besonders wildes zu leben. Er sah prüfend zu dem Mädchen. Wenn es das Kind dieses Hauses war, fiel der Apfel dann nicht weit vom Stamm? Einen kurzen Moment lang überlegte Midas, ob er die Gefährlichkeit des Mädchens falsch eingestuft hatte. Indessen sah ihn das Kind ebenso neugierig an.

„Was bist du?", fragte es wiederholt. „Deine Ohren sehen so weich aus. Darf ich sie mal streich-", Midas wich reflexartig aus. *Niemals!* So weit käme es noch, dass ein Mensch ihm die Ohren kraulte wie einer Schoßkatze. Er fauchte giftig. Das Mädchen kicherte. Wegen Midas ausweichender Bewegung war es mit dem überschüssigen Schwung direkt auf Midas' Schoß gefallen, der zusammen zuckte und reglos ausharrte, als wäre er zu Eis erstarrt. Das kichernde Kind wirkte klein, auf eine gewisse Art entwaffnend und so ganz und gar ungefährlich. Das Lachen hatte etwas Unge-übtes an sich. Wohl hatte dieses Mädchen schon länger nichts mehr zu lachen gehabt. Midas sah es von oben herab an, mit zu Schlitzen verengten Augen. Irgendetwas an diesem Kleinmenschen war *anders*, Midas wusste es genau. Da war dieses Gefühl ... es war ungewohnt, warm und für Midas auch etwas grotesk – aber – dann traf ihn die Erkenntnis wie ein Blitz: *Er verabscheute das Kind nicht.*

Wie absonderlich das war! Seine natürliche Abneigung gegen Menschen griff bei diesem kleinen Wicht nicht. Nach Jahr-hunderten, nein, Jahrtausenden traf Midas erstmals auf einen Menschen, den er nicht verabscheute. Ungläubig beobachtete Midas das Mädchen, wie es sich eifrig aufrappelte. Als wäre es selbst eine Kuriosität sondersgleichen.

Für eine Weile saßen sie schweigend nebeneinander im dunklen Treppenhaus. Das Kind im Pyjama spielte mit den Händen an einem Kettenanhänger, den es um den Hals trug. Midas, dessen Gedanken wild kreisten, starrte in die Finsternis, um sich zu beruhigen. Da verfing sich sein Blick an dem goldenen Telepathieverstärker, wegen dem er hier war. Mit einem Mal hatte er sein Ziel wieder vor Augen: Gold. Das Gold, es gehörte ihm allein und er würde es sich jetzt und hier zurückholen.

Das Kind folgte mit den Augen Midas' Blick hinunter in die stille Eingangshalle. Es murmelte:

„Die Leute sagen, mein Vater ist ein guter Mann und er ist ja auch mein Vater, daher – sollte ich das auch denken, aber ... ich finde es falsch, alles was anders ist zu fangen und einzusperren ... schon allein, wenn ich an die Schmetterlinge denke, die er hinter Glas einrahmt. Nein!"

Es vergrub das Gesicht in den zarten Händen. Midas spürte den Drang, die Schulter des Kindes zu tätscheln, hielt sich aber im letzten Moment davon ab. Seine Hand schwebte noch über der zierlichen Gestalt, als Midas etwas in den Sinn kam. Er grinste. Hatte er in dem *nicht-verabscheuungswürdigen Menschenkind*, das nicht loyal hinter seinen Leuten stand, weil es deren Entscheidungen infrage stellte, womöglich einen Verbündeten gefunden, um seinen Goldschatz zu bergen?

Er brauchte nur ein Werkzeug, um den Telepathieverstärker von dem Sockel zu hebeln. Dann könnte er ihn nach Hause in die Schatzkammer tragen. Das Mädchen wusste sicherlich, wo es in diesem Haus ein solches Werkzeug gab. Siegessicher schlug Midas einen versöhnlichen Ton an:

„Dann sind wir ja schon zwei. Ich finde auch, dass man das Besondere in der Welt nicht stehlen oder einsperren sollte." Mit der Nase wies Midas auf die Eingangshalle und seinen Apparat. „Wenn das nun aber jemand tut, was denkst du, macht man dann am besten?" Er entblößte seine spitzen Eckzähne.

„Man befreit es, oder ... gibt es zurück?", erwiderte das Kind. Es hatte eine besondere Ausstrahlung. Sein innerer Moralkonflikt nahm ihm wohl die Naivität, die herumtollende Menschenjunge sonst so an sich hatten. Das Mädchen umgab eine gewisse Schwere. Als wäre es selbst auch nur ein Gefangener, ein Ausstellungsstück des Vaters. Es wirkte wie ein Schmetterling, gepinnt und leblos hinter Glas geklemmt, seines fliegenden Tanzens über blühende Frühlingswiesen beraubt. Dieser kleine Schmetterling war es, der

Midas helfen würde. Also erklärte er unbeirrt weiter:

„Das da unten", er deutete auf den goldenen Telepathieverstärker, „gehört mir!"

„Hmmm", machte das Mädchen, als dachte es nach. „Du willst es wieder haben? Dann brauchst du etwas, das das Gold von dem Stein löst, ja? Wie einen Hammer oder einen ...", Midas sah aufgeregt zu dem Kind im Pyjama hinüber, „... Schlüssel!" Während das Mädchen das sagte, zog es den Anhänger an seiner Halskette hervor. Erklärend fügte es hinzu: „Vater sagt, sein größter Schatz soll auf seinen größten Schatz aufpassen. Ich finde das zwar nett von ihm ..." Midas verzog das Gesicht. Bei den Menschen konnte man nie so genau wissen, was nun ihr größter Wert war: das Kind oder das Gold. Bei Midas hingegen war es einfach. Es war das Gold. Es war *immer* das Gold.

„... aber wenn es gestohlen ist, dann gebe ich es dir zurück. Komm, ich zeig dir wie das geht!", rief das Mädchen und sprang durch die Eingangshalle zum goldenen Apparat.

Von etwas weiter weg sah Midas, dass das Kind irgendwie untersetzt und ungesund schwächlich wirkte. Ob man es hier gut behandelte? Das Mädchen war der einzige Mensch, mit dem Midas jemals mehr als zwei Sätze gewechselt hatte. Im Grunde war es sogar das *einzige Lebewesen überhaupt* mit dem Midas in den letzten tausend Jahren gesprochen hatte. Er ertappte sich dabei, wie er sich überlegte, dass das Kind sicher Ärger bekäme für seine Mithilfe bei diesem Einbruch. Es war sonderbar, doch Midas fühlte sich ein klein wenig für seinen Miniaturmittäter verantwortlich. Sollte er dem Kind vielleicht vormachen, er könne den Goldschatz nicht alleine tragen und es bitten, mit ihm zu gehen, um beim Transport zu helfen?

Midas sah zu dem Mädchen. Nun war auch er über die Treppen hinunter gelangt und stand Seite an Seite mit dem Kind vor dem goldenen Telepathieverstärker, der nach wie vor nicht funktionierte. „Weißt du, ich lebe in einem dunklen Kellerverlies", leitete Midas unbeholfen ein, „Du kannst ... mitkommen, wenn du willst." Das Mädchen blinzelte ihn an. „Wenn du hier nicht bleiben möchtest, meine ich", versuchte es Midas noch einmal und als das Kind weiterhin schwieg, fügte er hinzu: „Dort lebt auch ein Drache und es gibt Schätze soweit das Auge reicht. Es ist der sicherste und beste Ort, den ich kenne ... und ich kenne viele Orte."

Das Gesicht des Mädchens verzog sich zu einem breiten Lächeln. Es funkelte Midas geradezu an, als es bedächtig nickte und sagte: „Ja, das mache ich! Ein Abenteuer mit einem Freund!"

Stille. Midas war zwar erleichtert darüber, dass das Kind dann sicher vor seinem Monster von Vater sein würde, gleichzeitig war er aber entsetzt über die Entwicklung der Ereignisse allgemein. Hatte er gerade tatsächlich eingewilligt, einen *Menschen* mit in das Verlies zu nehmen, um dort zu leben? Und hatte dieser Mensch ihn soeben als *Freund* bezeichnet? So etwas war Midas noch nie unterkommen. Er pflegte seit jeher keine Freundschaften und das mit gutem Grund. Dennoch, es rührte ihn an, dass das Kind so aufgeregt zu ihm sah und ihm aus unerfindlichen Gründen wohlgesinnt schien, obwohl sie sich kaum kannten. Vielleicht gefiel Midas aber auch bloß die Vorstellung, den anderen hier lebenden Menschen eines auszuwischen, indem er ihnen auch etwas stahl. Ganz so, wie sie ihm sein Gold gestohlen hatten.

„Es fällt sowieso kaum auf, wenn ich weg bin", seufzte das Kind und Midas wusste mit einem Mal, dass es kein Racheakt war, das zierliche Wesen mitzunehmen.

Und das Gold würden sie auch holen. Das Mädchen nahm den Schlüssel ab und steckte ihn in ein Schloss, das sich tatsächlich zwischen dem goldenen und dem steinernen Teil der Skulptur befand. Ein Klicken war zu hören, dann ein Schleifen. Man konnte unmöglich sagen, woher es kam.

„Sehr gut", lobte Midas so ruhig er konnte.
Tatsächlich war er sehr aufgeregt: Das Gold war nun transportabel!

So konnte Midas den Apparat zurück in seine Gefilde bringen. Ein Sieg für den Schöpfer des Goldes! Midas feierte innerlich ein Fest. Endlich war es geschafft! Von hier aus war alles Weitere nur noch ein Klacks. Die Freude über seinen nahenden Sieg machte Midas für einen Moment lang unaufmerksam. Zu spät bemerkte er, dass der goldene und durchaus massive Telepathieverstärker von seinem steinernen Sockel rutschte. Genau dort hin, wo das Mädchen mit stolzgeschwellter Brust über die heldenhafte Tat vor ihm stand. Midas sah das Geschehen, doch es war zu spät, um das schwere Objekt aufzufangen. Wie aus einem menschlichen Reflex heraus, sprang Midas zu dem Mädchen, um es aus dem Weg zu stoßen. Er plante sich selbst seitlich abzurollen und damit alle Beteiligten zu retten.

Doch – Midas war der Schöpfer des Goldes.
Alles und jeden, den er berührte, wurde zu Gold.

Als Midas sich seitlich abrollte und zu dem Mädchen sah, das er erfolgreich aus der Bahn des herabstürzenden Apparates geschubst hatte, sah er in die stillen Augen einer goldenen Statue. Mit einem stolzen Lächeln auf den Lippen und den Fingern am Schlüssel, den es wieder um den Hals trug, war das kleine Mädchen nun von ihrem schnöden Schicksal als Mensch erlöst. Midas saß reglos da und starrte benommen auf die filigrane Statue.

So betrachtete er das goldene Mädchen noch stundenlang in der totenstillen Dunkelheit der Eingangshalle. Der Lärm hätte die Eltern alarmieren müssen, doch niemand kam. Midas fragte sich, ob das vergoldete Kind für seinen Vater nun ein noch größerer Schatz geworden sei ... In einem plötzlichen Geistesblitz beschloss Midas, dass das Mädchen nicht hier bleiben konnte. Golden oder lebendig, er hatte gesagt, dass er es von hier wegbringen würde. Midas' Blick fiel abschätzend zu dem Telepathieapparat, den er hatte zurückholen wollen.

Dann sah er zu dem Mädchen. Es gab zwei unumstößliche Wahrheiten in dieser Situation: Man konnte Gold nicht in Lebewesen zurückverwandeln und – beides konnte er nicht tragen.

Diese Nacht hatte in Midas' kaltem Herz etwas verändert. Er konnte es nicht benennen, aber zum ersten Mal seit Jahrtausenden hatte eine beiläufige Begegnung einen echten Unterschied gemacht. Der Morgen danach war nicht wie all die anderen unzähligen Morgen zuvor. Das Kind hatte ihn einen Freund genannt und wollte Midas in seine Welt folgen. Es hatte geholfen, ohne dass sie sich besonders gut kannten. War es eine Tragödie oder ein ungewöhnliches, jähes Happy End? Midas wusste nicht, ob er das Kind enttäuscht hatte, indem er war, was er nun einmal war. Er fühlte sich nicht schuldig, bloß genaustens daran erinnert, weshalb er seit jeher keine Freundschaften pflegte.

Nach dieser Begebenheit war Midas dann und wann in der Menschenwelt umhergewandert, hatte seinen grazilen Gang jeden Tag ein wenig besser mit seinem Luchsschwanz ausbalanciert, sodass er nie mehr in Gärten fiel. Vollkommen unbehelligt war Midas so in die düstersten Ecken hinein- und wieder herausgeglitten. Erst wollte er nachsehen, wie es im Herrenhaus weiterging. Ob man sich ärgerte über die Verwüstung der Eingangshalle oder ob jemand nach dem Kind suchen würde. Doch im Herrenhaus blieb alles still und unberührt. Das wunderte Midas nicht besonders.

Jedoch hatte in ihm die Begegnung mit dem goldenen Mädchen ein nie dagewesenes Interesse an den Menschen entfacht. Sie hatten wohl auch andere Seiten, die Midas noch nicht kannte. Außerdem waren sie manchmal findig, vielleicht ja sogar so erfinderisch, dass sie das Kind zurückverwandeln konnten. Ein unerklärlicher innerer Antrieb ließ Midas für eine lange Zeit die Menschenwelt durchkämmen. Auf der Suche nach einer Art Gegenmittel. Er fand vieles heraus, doch das Gesuchte blieb im Verborgenen.

Mit seinen Katzenaugen konnte Midas auch im Dunkeln sehen.

Die Menschen allerdings nicht. Sie fürchteten sich vor nichts so jämmerlich, als vor alldem, was sie nicht sehen oder begreifen konnten. Und das konnte so vieles sein! Midas kannte diese und andere Schwächen der Menschen mit der Zeit genau – er spielte dann und wann gerne mit ihnen Katz und Maus. Kein Mensch, den er auf seinen Wegen traf, weckte dasselbe in Midas wie das Kind es damals getan hatte und kein zweiter Mensch bezeichnete Midas je wieder als einen Freund. Alles Streben blieb vergebens, denn ein Gegenmittel ließ sich nicht finden und mit den Jahren wurde jeder müde ...

Midas gähnte auf dem Haufen voller Goldmünzen unterhalb des schlafenden Drachens. Die Erinnerung an diese längst vergangene Zeit hatte ihn erschöpft. Er streckte den entfernt menschlich anmutenden Körper genüsslich aus, maunzte laut, dann beugte er sich vor, glitt mit den Fingern durch die angehäuften Schätze, auf denen er saß, und verzog das Gesicht zu einem spitzen Grinsen. Dort, wo Midas das Gold berührte, stoben gleißende Funken aus seinen Fingern auf, wie beim Schmieden von Eisen.

Selbst das Gold wurde noch goldener, wenn Midas es berührte. Alles, was seine Hände umschmeichelten, wurde augenblicklich zu Gold. Daran ließ sich nichts machen und es ließ sich nicht umkehren. Das war Midas' unumstößliche Natur. Es war ein einsames Dasein, wenngleich auch sagenhaft schön. Einen zweiten Midas gab es nicht.

Den glühenden Glanz noch in den Augen wandte er sich von den Reichtümern ab, zog sich purpurne Handschuhe über die Finger und seufzte. Kurz streifte sein Blick die goldene Mädchenstatue inmitten der Schatztruhen und Goldkronen. Er hatte sie reich geschmückt und ihr das versprochene Zuhause geboten. Nach einer Weile wandte sich Midas mit einer leisen Regung seines Herzens ab.

Still kauerte er sich unter die ausladende Pranke des Drachens.
Nur um dort eine weitere, müde Ewigkeit lang zu schlafen.

DAS BLUMENHERZ

In einem Garten unten am Flussufer gediehen sonderbare Pflanzen hinter hohen Betonmauern. Sorgsam vor den neugierigen Blicken der Welt versteckt, mochte Stova seinen Garten am liebsten. Von draußen konnte man nicht hinein, es sei denn, man besaß den Schlüssel. Aber den hatte nur Stova und er trug ihn um den Hals tagein tagaus. Das war wichtig, denn im Garten gab es genau die Art von Pflanzen, die man besser keinem zeigte. Stova liebte sie alle viel zu sehr, um sich den Regeln der widersprüchlichen Außenwelt zu beugen. Also hielt er seinen Garten streng geheim.

Die Pflanzen waren bunt und kräftig. Ihr Duft war betörend. In allen Farben und Formen rankten sie in den Himmel empor und hießen Stova willkommen, wann immer er die Stadt hinter sich zurück lassen konnte. Dabei galt stets größte Vorsicht. Niemand durfte von dem geheimen Garten erfahren. Deshalb kam Stova mit der Abenddämmerung und trotzdem – neulich schien es ihm, als wäre ihm jemand bis an das Tor gefolgt. Aber das musste bloß Einbildung gewesen sein. Denn als er am Morgen wieder aus dem Garten hinaus ging, war niemand mehr dort.

Kindliche Freude überkam Stova jedes Mal, wenn seine vor Begeisterung bebenden Fingerspitzen im Vorbeigehen die Blätter streiften und die Berührungen von Möglichkeiten sangen, von hohen Empfindungen und höchster Gunst. Der Garten lag im Nebel, denn es war früher Morgen, als Stova sich ungesehen hinter die Mauern stahl. Er vermisste die Zuflucht der Blätter und Blüten so sehr, dass er heute eine Ausnahme machte und bei Tag kam.

Ein schweres Tor galt es noch zu entriegeln und mühsam beiseite zu schieben. Dann lag mit einem Mal die Welt mit allem, was in ihr war, weit hinter Stova zurück. Jede Nacht floh er hierher und heute sogar einmal bei Tageslicht. Der Garten war seine Heimat. Sie war willkommen in der Wirrnis dieser Zeit. Nur einen Moment lang hierhin abschweifen – einen Augenblick verharren, den Tau von den strotzenden, jungen Blättern lecken und mit ihnen im Wind tanzen, wenn der Herbst kam. In diesem Garten kultivierte Stova nicht nur Pflanzen, hier gedieh sein Herz.

Draußen in der Weite der Welt galt es hart zu sein wie alles und jeder andere dort auch. Mit spitzen Ellbogen war nur gesegnet, wer kein Gefühl mehr übrig hatte für etwas wie das hier. Stova erzitterte vor Erfurcht: Die Sonne hob sich über die tristen Mauern, sodass sie sich in den Tautropfen verfing. Sie glitzerten wie Diamanten aus Wolkentränen und Morgenlicht. Majestätisch. Einmalig.

Stova atmete tief aus. Es war ein Paradies, das er hier für sich geschaffen hatte. Keinen anderen Menschen brachte er jemals mit in den Garten. Es war ein ungeschriebenes Gesetz: Dieser Ort gebührte ihm und ihm alleine. Stova war nicht selbstsüchtig, es war bloß so, dass niemand, den er kannte, die Schönheit dieses Ortes ganz verstand. Sie alle sahen in Pflanzen die primitivste Form des Lebens, dabei erschauderte Stova schon allein bei dem Gedanken an diese Worte. Es war so falsch. Eine vollkommene Missinterpretation und Vereinfachung der zahllosen Möglichkeiten, die die Universen des Weltalls bereithielten. Das Weltall – wie zauberhaft weit es doch war!

Stova lag auf dem Rücken mitten im Garten. Die Erde unter ihm war feucht und lehmig. Neben ihm wurzelte eine Blume, die für Stova eine ganz besondere Rolle spielte. *Vergänglichkeit ist ein Segen.* Das sagte sie ihm jeden Tag. Doch er verstand es nicht ganz. Stova betrachtete sie von schräg unten: Ihre Blätter waren silbrig, dazwischen gedieh eine große, noch verschlossene Blütenknospe. Von schräg unten betrachtete Stova die Herzblume am liebsten. Es war für ihn ganz generell die beste Perspektive auf die Welt. Auch wenn er es nicht mochte, wie ihm die Blume jeden Tag vor Augen hielt, dass alles – wirklich alles – vergänglich war, so war sie doch das Einzige, was er von der Welt ertrug. Also beobachtete Stova die Blume tagein tagaus und widmete ihrer Pflege sein ganzes Leben. Sein Herz pochte erwartungsvoll auf den Tag, an dem sie blühen würde.

Heute sollte es soweit sein. Die Blütenblätter hatten eine goldene Färbung angenommen. Die Knospe war schon so groß wie ein Kürbis. Heute, das spürte Stova genau, würde die Blume in der Mitte des Gartens für ihn blühen. Also wartete er wie jeden Tag unter ihren Blättern und betrachtete sie von schräg unten.

Auch wenn Stova selbst keine Pflanze war und deshalb keine Wurzeln schlagen konnte, seine Seele wuchs im Garten jedes Mal über sich selbst hinaus. Weit oben in den Sternen verfing sie sich, sauste zwischen Satelliten und Asteroidengürteln umher und vergaß die Zeit, die es dort ja ohnehin nicht gab. Oder doch? Stova hatte alles vergessen. Alles.

Nur ein seliges Lächeln lag auf seinem Gesicht. Irgendwann wurde es wieder dunkel. Der Tag zog vorbei wie eine Wolke am Himmel. Irgendwo dort oben leuchtete etwas über die Mauer hinein in den Garten. Das Licht war nicht konstant, es setzte immer wieder aus. Eine seltsame Begebenheit. Stova seufzte zufrieden: Alles außerhalb der Mauer ging ihn hier drin nichts an. Worum sich also sorgen?

Ein lautes Klopfen am Tor drang durch den friedlichen Garten. Für Stova aber war alles außerhalb der Mauern unwesentlich. Also ignorierte er den Lärm und versank sogleich wieder in seinen Gedanken. Das Klopfen wiederholte sich. Diesmal klang es beharrlicher. Vielleicht, so dachte Stova, wäre es eine gute Idee nachzusehen, woher es kam. Aber seine Gedanken waren so traum-trunken, dass er weit, weit weg von alledem blieb. Die Pflanzen im Garten waren so schön. Ihre Blätter wiegten sich nunmehr unter Sternenglanz – und dem blauen, pulsierenden Licht, das von draußen kam.

Während Stova weiterhin still unter der Blume seines Herzens lag und ungeachtet der Geschehnisse am Tor auf deren lang erhoffte Blüte wartete, wurde das Klopfen von draußen zu einem Knallen. Was immer dort geschehen mochte, es war gewaltsam. Aber wer konnte schon wissen, was draußen geschah, oder warum? Wen kümmerte es? Stova atmete tief ein und aus. Die Nacht war kühl und klar. Die Luft roch nach Blütenstaub und feuchter Erde. Es war ein friedvolles Paradies und über Stovas Kopf war die silbrige Königin dieses Wunderreichs darauf und daran sich selbst mit einer goldenen Blüte zu krönen.

„WIR STÜRMEN!", rief es von draußen.

Damit war Stova einverstanden. Sturm war in Ordnung, denn die Pflanzen waren gut gestützt, die Mauer gut angelegt. Sie brach den Wind, so dass Stürme für gewöhnlich schadlos vorbeizogen. So sehr der Wind auch wütete, am nächsten Morgen lag der Garten noch genau so da, wie am Abend zuvor.

„EINS! ZWEI! DREI!", schrien diesmal viele aus einem Mund auf der anderen Seite des Tors.

Jede Zahl war von einem lauten *Rums* begleitet. Stova blieb gelassen. Es schien wie ein witziges Spiel – also wollte er mitspie-len. Wenn Stova in seinem Garten war, dann vergaß er die ganze Welt und ihre Gewalt. Jede Bedrohung und jedes Grauen und jede sogenannte *Wirklichkeit* war ausgehebelt wie ein Karren, der von seinem Zugtier gelöst worden war. Stova träumte sich hinter den Mauern davon und gab es ein Klopfen an der Tür, so konnte dies nichts anderes bedeuten, als dass es ungefährlich war. Denn hier im Garten war Stova sicher. Glaubte er. Deshalb rief er amüsiert: „VIER!"

Im gleichen Augenblick barst das Tor des Gartens. Dahinter kam ein Sondereinsatzkommando zum Vorschein, das in den Garten stürmte wie Wasser, welches von einem Berg herab ins Tal donnerte. Schwer bewaffnetes Wasser mit schwarzen Sturmmasken und gepanzerten Schilden. Der Lärm war für Stova ohrenbetäubend und hätte nicht fremdartiger sein können. Unter den großen Blättern der Herzblume inmitten des Gartens versteckt, hielt Stova die Luft an und beschloss, sich erst einmal nicht zu rühren. Er wollte bei der Sache bleiben: In Kürze schon würde die Blüte sich öffnen, nach deren Anblick er sich so lange verzehrt hatte. Die Einsatzkräfte drangen in die Seitenbereiche des wertvollen Gartens vor. Von dort aus hatten sie alles im Blick. Nur der blütengebannte Stova schien ihrer Wahrnehmung tatsächlich zu entgehen.

So lag Stova weiterhin unberührt auf dem Boden in der Mitte des Gartens. Währenddessen sicherten die Einsatzkräfte das Gelände. *Gleich war es so weit!* Über Stova fiel ein silberner Schleier von der großen Knospe ab wie ein Seidentuch. Darunter kamen acht goldene Blütenblätter zum Vorschein. In Stovas Augen stiegen Tränen der Freude. Darin spiegelte sich der juwelenhafte Glanz, der aus dem Innersten der Knospe kam. Der Schein wurde zu einem Glühen, die Farben wurden golden. Nun öffnete sich die Blüte ganz.

Stova schnappte nach Luft. Es war atemberaubend schön. So schön, dass es nichts anderes mehr gab, als die goldene Blüte, die über ihm in den sternenbehangenen Nachthimmel prunkte. Stova konnte den Blick nicht von ihr lösen. Nicht einmal blinzeln wollte er. Auf diesen Anblick hatte er ein Leben lang gewartet. Die Blume war die Krone seiner Schöpfung. Die Belohnung für seine Geduld. Für sie hatte sich alles gelohnt – sogar die Gefahr. Aus dem Inneren der Blüte drang ein seltsam glänzender Nektar. Er bewegte sich wie flüssiges Quecksilber, doch auch er war golden. Er rann über die geöffneten Blütenblätter hinab bis an deren unterste Spitzen. Als die Tropfen zu schwer wurden, fielen sie hinab auf die silbrigen Blätter. Bei jedem Auftreffen darauf erklang ein feiner Ton wie der eines metallenen Windspiels. Es war hypnotisierend.

Sechs Schatten umstellten Stova. Sie lenkten ihn kurz von dem magischen Anblick über ihm ab. Irgendetwas war doch am Tor geschehen, es fiel Stova schlagartig wieder ein. Als er nun den Kopf erstmals nach oben reckte, um einen Blick auf das Geschehen im Garten zu erhaschen, fiel sein Blick stattdessen in den langen, schwarzen Lauf einer schweren Waffe.

Erst jetzt wurde Stova wirklich klar, dass Eindringlinge sich Zugang zu seinem geheimen Garten verschafft hatten. Wie konnten sie bloß davon erfahren haben? Waren sie ihm gefolgt? Stova wagte es nicht sich zu bewegen. So atmete er nur langsam aus, um sich innerlich zu sammeln. Sicher, es war keine gute Idee gewesen, heute bei Tag herzukommen. Womöglich hatte er sich mit dieser einmaligen Unachtsamkeit auf ewig verraten. Sich selbst aus zügelloser Lust heraus ans Messer geliefert und all seine Schätze mitsamt.

Die Einsatzkräfte verstanden die Schönheit des Gartens wie erwartet nicht. Sie konnten ihn nicht spüren, sie sahen das Sternenlicht nicht, nicht die Tautropfen in den Blüten, sie rochen nicht den Duft, nicht einmal die grenzenlose Schönheit der goldenen Herzblume inmitten des Gartens rang ihnen eine Gefühlsregung ab. Sie steckten hinter schwarzen Sturmmasken und waren gesichtslos. Offensichtlich fürchteten sie sich vor Stovas Leidenschaft, sonst hätten sie ihm wohl ins Gesicht gesehen, während sie so auf ihn zielten. Zumindest vermutete Stova das. Gepanzert und vermummt. Mit einem Seufzer hob Stova die Arme nun doch langsam über den Kopf. Man konnte sich vor der Welt verstecken, sich aber nie gänzlich entziehen. Vielleicht war es an der Zeit, sich diesen fatalen Umstand einzugestehen. Gegen die Übermacht der Vielen hatte Stova keine Chance. Er wollte hier sein, im Garten seiner Seele. Er hatte ihn angelegt. Er hatte ihn gepflegt. Er liebte jeden Stein und jedes Blatt. Nun trampelten gesichtslose Panzermenschen die Stauden platt auf der Suche nach – ach, *werwussteschonwas*.

Jemand riss Stova die Hände auf den Rücken, legte ihm im Bruchteil einer Sekunde kalte Handschellen an und drückte sein Gesicht zeitgleich gewaltsam in die feuchte Erde.

„Gesichert", sagte jemand tonlos.

Unzählige Hände zerrten Stova auf die Knie, vermutlich um ihn zum Abtransport bereit zu machen. Stova blinzelte benommen. Sein Gesicht war voller Dreck, doch schließlich gelang es ihm die Augen zu öffnen. Vor ihm lag ein Tal der Zerstörung: Die Pflanzenstauden waren ausgerissen, andere zertrampelt und die Einsatzkräfte wüteten ungehalten weiter. Nie hatte Stova verstehen können, weshalb sein Garten illegal sein sollte. Was konnte falsch daran sein, Leben zu säen und zu pflegen? Tränen tiefer Traurigkeit rannen über Stovas schmutzige Wangen und vermischten sich dabei mit Erde. Er erschauderte über den Anblick der Verwüstung. Dann traf es ihn wie ein Blitzschlag – *die Blume*!

Stova wirbelte herum – seine Peiniger zog er mit sich zur Blume seines Herzens, die heute – ausgerechnet heute – nach all den Lebensjahren, die sie gemeinsam hier im Garten zugebracht hatten, golden blühte. Stova atmete stoßartig. Sie war unversehrt! Ein Glück. Er konnte nicht anders als lächeln. Golden funkelte die Blüte in der schaurigen Nacht. Die sanften Klänge verhallten nun ungehört in der tosenden Zerstörungswut rings umher. Als Stova gerade so etwas wie Trost im Anblick der goldenen Blume fand, tauchte hinter ihr ein schwarzer Schatten auf, der sich schnell auf die Blüte zubewegte. Ein Stahlbalken musste es sein, denn er blitzte bläulich im Wechsellicht, das von draußen in den Garten herein fiel. Ein dumpfer Ton. Ein Aufprall. Entsetzen. Stova hörte sich selbst schreien, er riss an seinen Fesseln. Die Einsatzkräfte um ihn herum schlugen nun wie wild geworden auf ihn ein.

Der Stahlbalken zertrennte die goldenen Blütenblätter. Der lange Stil zerbarst. Jahrzehntelang gewachsen, in Sekunden zerstört. Die silbrigen Blätter wurden zu Boden gerissen. Wie in Zeitlupe stürzte die goldene Blüte herab. Stova gelang es, sich für einen Moment von den Angreifern loszureißen. Schreiend und weinend machte er einen Satz nach vorne. Er stieß mit dem Gesicht gegen die herabsinkende Blüte, doch er konnte nichts mehr für sie tun. Sie war für immer zerstört.

Unzählige Fäuste prügelten auf Stova ein. Er spürte den Schmerz kaum. Seine Augen waren an die toten Blütenblätter geheftet, die wie in letzten Atemzügen ihren Freudenglanz ausatmeten und immer dunkler wurden. Jemand schlug Stova gegen den Kopf. Warmes Blut rann über seine schmutzigen Schläfen, die Augen hielt er fest auf das letzte glühende Blütenblatt gerichtet. Es spielte keine Rolle mehr, ob sie ihn töteten. Das Wichtigste in ihm war jetzt bereits gestorben.

Ein Wind kam auf. Die Eindringlinge merkten es nicht, sie waren vermummt. Aber Stova konnte es spüren. In seinem Haar, auf seiner Haut. Er erinnerte sich daran, wie glücklich er gewesen war an diesem Morgen. Als die kühlen Tautropfen durch seine Finger glitten, während er im Garten auf und ab wanderte und auf die große, goldene Blüte hoffte, die nunmehr zerstört ihren letzten Funken Leben verlor. Der Wind wehte in einem ungewöhnlichen Aufbegehren das letzte, matt leuchtende Blütenblatt hinauf in die Nacht. Darin hatte sich ein Tropfen Nektar ungesehen verfangen. Da verstummte der Wind so plötzlich wie er aufgekommen war und das Blütenblatt sank sanft zu Stova hinab. Auf halber Höhe drehte es sich um, sodass der Tropfen des goldenen Nektars wie Regen herabfiel. Direkt in Stovas Auge.

Halb tot geschlagen wie er war, blinzelte dieser nicht einmal und oben am Himmel verglimmte das Leuchten des letzten Blütenblatts in der unsäglichen Nacht.

Als sie Stova aus dem Garten schleppten, sah er im Augenwinkel wie Flammwerfer gegen die letzten Überreste seiner Pflanzen gerichtet wurden. Das Feuer zerfraß Blätter, Blüten − Duft. Es löschte Heimat. Es versengte Stovas Herz und Seele. Jemand riss den Kopf des Arretierten nach vorne um. Dann lud man Stova gewaltsam in einen Van mit verdunkelten Scheiben. So gab es keinen letzten, wehmütigen Blick auf den Garten unter dem Sternenhimmel mehr. Als der Van anfuhr, erhaschte Stova im Rückspiegel einen Blick auf die hohen Flammen, die explosionsartig und meterhoch aus dem Garten in die Nacht schnitten. Das war sie nun, seine Strafe.

Zu viel geliebt. Zu viel gefühlt.
Wer kann, der flieht − doch gibt es nichts auf der Welt, das sich zur Gänze der Übermacht und Irrwege der Vielen entzieht.

Stova lehnte sich schwer gegen die Sitzlehne. Überall war er mit Blut verschmiert. Sein Kopf pochte wild und ungesund laut. Er hatte keine Hände mehr, sondern Fäuste. Was immer sie nun mit ihm anstellten, sie konnten ihm nicht noch mehr wehtun. Sie hatten ihren größten Trumpf bereits gespielt. Stova hatte nichts mehr zu verlieren. Als ihm das bewusst wurde, atmete er schwer aus. Niemand konnte ihm mehr nehmen, niemand konnte ihn mehr zerbrechen als bereits geschehen. Sein Blick fiel aus dem Seitenfenster des Vans. Hinter den getönten Scheiben zog eine kalte Welt aus Beton und Stahl vorbei. Darüber prangte ein tiefschwarzer Himmel mit Punkten, die wie die Hinterlassenschaften von Fliegen auf den Fenstern wirkten. Tatsächlich mussten es die Sterne sein, deren Licht die Tönung abschirmte. Trostlos.

Dennoch hielt Stova den Blick weiter auf die dahin ziehende Außenwelt gerichtet. Sie wandelte sich zumindest, im Gegensatz zu dem stummen, schwarzen Inneren des Vans. Stova konnte nicht einmal sagen, wo die Einsatzkräfte sich befanden. Vielleicht hinter ihm, vielleicht vor ihm. Wo auch immer. Es war unwesentlich für seinen Untergang.

Einer der Sterne draußen schien plötzlich heller zu leuchten als die anderen. Golden. Mit einem Mal wundersam vertraut. Der Schein dehnte sich aus. Linien und Formen glimmten nun wie vergessene Zündhölzer in Kerzenwachs durch den Nachthimmel. Sie waberten und pochten gleich dem Blut in Stovas Kopf, der sich längst anfühlte, als würde er jeden Augenblick zerbersten. Doch das war nicht schlimm. Eigentlich fühlte sich mit einem Male nichts mehr besonders schlimm an. Eben war Stova noch leer gewesen, nun ermächtigte sich ein warmes, heimliches Gefühl seines Herzens. Am Himmel zogen die goldenen Linien immer dichter auf. Manche traten hervor, andere zurück. Ein dreidimensionaler Schein entstand aus diesem Treiben. Stova blinzelte. Womöglich war es eine Halluzination, doch es war so wundersam anzusehen. Wunderschön wie die goldene Blume inmitten des Gartens. Ein Stich ging durch Stovas Herz. Der Garten. Er war zerstört. Sein Zuhause – vernichtet. Er war heimatlos und ein Gefangener noch dazu. Vermutlich würde er den Rest seines Lebens in einem Gefängnis zubringen, wenn es gut lief. Stova seufzte resigniert. Nichts mehr zu verlieren, nicht einmal die Freiheit – da konnte er genauso gut dem letzten kläglichen Fluchtversuch seines Verstandes genüsslich beiwohnen, indem er die goldenen Linien genau beobachtete.

Ihr Aufziehen am Nachthimmel brachte Formen hervor. Sie waren plastisch, als könnte man danach greifen. Da gab es goldene Wolken, die von innen heraus glühten und Hausdächer, die plötzlich nicht mehr trist erschienen, sondern mit goldenen Blumen benetzt. Über dem Himmel und über dem Horizont, über Häuser, Mauern,

Zäune und Schranken, die während der Fahrt draußen am Fenster des Vans vorbeizogen, prunkten zauberhafte Blumen und Blätter aus flüssigem Gold. Sie wuchsen zu Ranken und bald Blättern, dann zu Blüten. Sie überwucherten die ganze Welt vor Stovas Augen. Er musste lächeln. Es war ein heilsamer Anblick. Alles glühte golden. Traumtrunken sah Stova hinaus, wo sich die goldenen Formen einen erpichten Wettlauf mit dem Van lieferten. Sie waren stets zwei Schritte schneller. Dann hielt das Fahrzeug ruckartig an.

Ein Quietschen der Reifen und das Hupen einiger Autos drang herein in den verschlossenen, hinteren Bereich des Vans. Der goldene Glanz vor dem Fenster stoppte hingegen nicht. Jedoch bewegte er sich auch nicht mehr weiter voran. Nein, nun bewegte er sich auf Stova zu. Blatt für Blatt, Blüte für Blüte wuchs er funkensprühend durch die Nachtluft bis an das Fenster. Langsam tauchte eine goldene Knospe durch die verdunkelte Fensterscheibe. In dem Moment, da sie im Inneren ankam, erleuchtete ihr Schein alles wie ein Feuerwerk. Das Leuchten war juwelenhaft, wie das der Herzblume es vor kurzem noch gewesen war. Es betörte Stovas Sinne. Es heilte von innen heraus. Eine weit entfernte Kraft, die unerschöpflich war, strömte durch seine Adern und reicherte seinen Körper an mit Lebensmut.

Golden leuchtende Ranken, sie schlangen sich um Stovas gefesselte Hände. Ein Klingen ertönte wie das der Nektartropfen auf den Blättern zuvor im Garten. Dann war Stova von seinen Handschellen befreit. Ungläubig hielt er sich die Hände vor das schmutz- und blutverschmierte Gesicht. Er konnte seinen Augen nicht trauen. Eine Halluzination konnte ihn wohl kaum von Handschellen befreien. Was also geschah hier? Das Leuchten hatte mittlerweile den gesamten hinteren Bereich des Vans ausgeschmückt mit kleinen funkelnden Rosen, goldenen Blättern und sich kringelnden Ranken. Es war ein warmer, zauberhafter Anblick. Stova fuhr sich lächelnd durch sein Haar. Es war dreckverklumpt und voll mit geronnenem

Blut, aber die Schmerzen in seinem Kopf waren versiegt. Noch immer stand der Van. Bald würden sie kommen, um Stova zu holen. Doch die Angst verhallte sowie sie aufkam im goldenen Schein. Sollten sie nur kommen. Stova war bereit.

Jemand ruckelte an der vorderen Tür des Vans. Dort fand sich das höchste Aufgebot an golden leuchtenden Blumen. Vielleicht wollten sie das Unausweichliche abwenden. Das konnte ihnen unmöglich gelingen. Dennoch war Stova dankbar für die Wärme und den Trost, die die Blumen ihm schenkten. Das Ruckeln wurde stärker und ein Quietschen kam hinzu, als würde jemand von draußen mit einem Schlüssel über den Lack kratzen. Mit einem lauten Knall flog die seitliche Schiebetür des Vans auf. Dahinter lag ein makelloser Nachthimmel. Sterne soweit das Auge reichte. Die goldenen Blumenranken hatten sich auf den Boden zurückgezogen und ein staubartiges Funkeln rieselte dort auf den Straßenasphalt, wo soeben die Tür aufgeschlagen war.

Niemand kam. Stovas Hände waren frei, seine Beine fühlten sich wieder heil an. Niemand war draußen zu sehen. Vor ihm bildeten sich Ranken, die ihn packten und an ihm zerrten und – er war allein. Wo waren die Einsatzkräfte geblieben? Sie mussten die Tür geöffnet haben. Wie konnten sie so töricht sein? Vielleicht glaubten sie, Stova mit der Zerstörung seines Gartens final besiegt zu haben und so war es ja auch tatsächlich. Doch darauf konnten sie sich wohl nicht verlassen. Wirklich sonderbar. Also gab Stova dem Zerren der golden glimmenden Ranken nach. Er erhob sich aus seinem Sitz, der völlig blutverschmiert war, um den Kopf aus der offenen Tür zu stecken.

Niemand da. Vor Stova lag eine weite, kahle Fläche. Darüber der Nachthimmel. Fast neckisch sprossen in weiter Ferne kleine goldene Blumen aus dem steinigen Untergrund empor. Es waren keine wirklichen Blumen. Sie waren wie die Ranken und Blätter zuvor auch aus reinem Licht gemacht, wie es schien. Stova konnte später überlegen, was es mit ihnen auf sich hatte. Für jetzt galt es den Moment zu nutzen. Carpe Diem, auch bei Nacht. Er konnte entkommen. Vielleicht war es auch eine Falle und sie planten, ihn auf offener Flur hinterrücks zu erschießen, sodass sie sich nicht mit seiner Leiche herumschlagen mussten – aber das war jetzt alles einerlei. Was galt, war der Versuch.

Also atmete Stova noch einmal tief durch – vielleicht zum letzten Mal – sprang aus dem Van und rannte. Er rannte bis sein Atem rasselte über die kalte, steinige Fläche. Sein Blick war ein Gefangener des Horizonts, wo goldene Blumen in den Himmel hinauf ragten wie Stuck in teuren Sälen. Stova rannte aus Leibeskräften. Hinter ihm lag Chaos. Er hörte die Geräusche um ihn herum nur dumpf, daher war es nicht auszumachen, ob die Einsatzkräfte ihm folgten oder weitergefahren waren. Niemand konnte sagen, ob ein Scharfschütze gerade seine Waffe entriegelte oder der Verkehr auf der Straße wieder dahin floss, darin der Van. Leben und Sterben waren einerlei. Es gab nur Atmen, Rennen und das wohligwarme Gefühl des goldenen Glanzes um Stova herum, dessen Blüten und Funkeln seinen Weg geleiteten.

Mit einem goldenen Tropfen im Auge erschien die graue Welt wie ein güldener Garten, der immer Blüte trug. Egal wohin Stova ging, der Garten war schon dort. Sein Garten, in dem er sicher war, den keiner zerstören konnte und der von hier an bis zum Horizont reichte und sogar darüber hinaus.

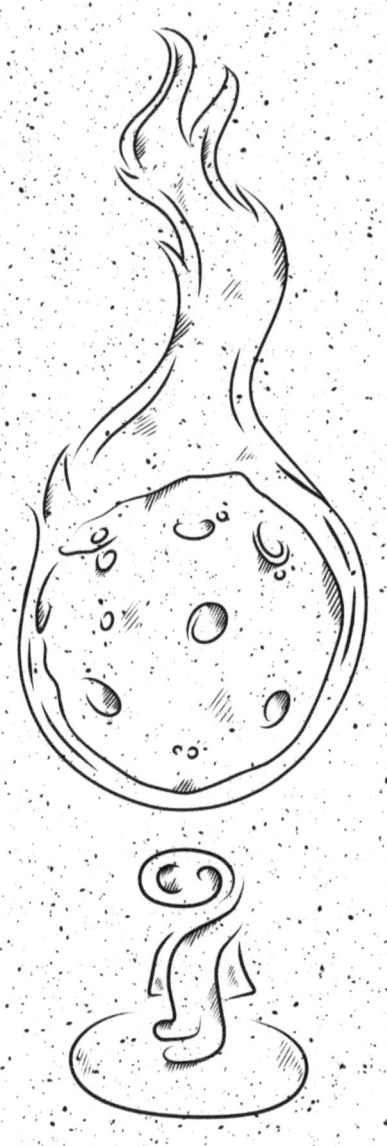

FINAIS

Als Finais P. eines schönen Sommertages aus seinem Haus heraus trat, um die Schatten der Vergangenheit hinter sich zurück zu lassen – und heute ein für alle Mal – da fiel eine Sternschnuppe vom Himmel herab durch die Wolken und

erschlug ihn.

Das beendete das Treiben des Finais P. auf dieser Seite des Nebels für immer. Die flammenden Flügel des Feuersterns trugen Finais weit weg bis an einen Ort, an dem alles abrupt abgebremst wurde. Er landete auf einem Berg aus Zuckerwatte. Doch schmeckte dieser Berg nach Gips.

Irgendwo zwischen all seinen Gedanken war Finais verloren gegangen und der Rest seiner Geschichte ereignete sich nie.

Was für ein Jammer.

DIE VERRÜCKTE UND IHRE KINDER

U nzählige Äonen lang erleuchtete ein heller Feuerstern die Dunkelheit des Weltalls. Um ihn herum entstanden mit der Zeit Planeten aus Staub und Steinen. Um diese wiederum taumelten bald unförmige Monde. Mal kamen sie näher, mal entfernten sie sich weiter. Sie alle waren noch jung und so kantig wie ungeschliffene Diamanten. Dann jedoch wurden sie alt und steinern – kalt und trüb: Sie ähnelten mit den Jahren immer mehr lauernden Kugeln im Lauf einer Waffe, die sich eisern gegen pulsierende Schläfen drückt.

Die Anziehungskraft des flammenden Feuersterns oder wie die Planeten zu sagen pflegten: der Sonne, gab ihnen allen eine Mitte, um die sie kreisen konnten. Ein Licht, das sie vergessen ließ, wie düster sie selbst waren.

Endlose Jahre lang umkreisten sie ihre Sonne auf der immergleichen Bahn. Mal schlugen Kometenschwärme in das Planetensystem ein. Mal driftete Weltraumschrott von einer entfernten, fremden Zivilisation dahin. Alles kam und ging gleichermaßen gleichgültig. Alles blieb so, wie es immer war.

Dann und wann trafen einige wenige Kometen die Planeten

unvorbereitet. Ein jedes Mal machten diese ein heilloses Drama daraus: Einschlagkrater, Aschewolken, ausgerottete Spezies. Im Gegensatz dazu verglühten viele Kometen ungesehen und leise in der Sonne im Zentrum des Sternensystems. Kunstvoll schöpfte sie Kraft selbst aus den unerfreulichsten Ereignissen. Das machte das Wesen einer Sonne aus.

Eines Tages jedoch wurde das Licht des Sternes blasser. Ein matter Abglanz seines Scheins schimmerte noch auf den Monden und Planeten, die ihn umkreisten. Also bat der Stern sie, etwas von diesem Licht abzugeben, auf dass er sich selbst wieder daran entzünden könnte. Doch die Umkreisenden antworteten nicht und halfen auch nicht.

So kam es, dass die Sonne ihre Bahn verließ. Einen kräftigen Satz machte sie zur Seite. Für sie war es durchaus eine weite Reise, doch für die Planeten und Monde um sie herum waren es sogar *Lichtjahre*. Alles am altgewohnten Trott war mit einem Mal zerschlagen. Die Welt war plötzlich anders.

Diese Änderung war ungewohnt und vor allen Dingen unwillkommen. So formierten sich die steinernen Planeten kurzer Hand zu einer Einheit. Nie zuvor hatten sie sich auch nur näher betrachtet, geschweige denn zusammengearbeitet. Doch der verrückte Stern in der nunmehr leeren Mitte, der selbst jetzt noch – oder vielmehr gerade jetzt – im Zentrum allen Kreisens lag, auch wenn er die Mitte verlassen hatte, bot ihnen ein spektakuläres gemeinsames Ziel: Sie mussten ihn zurück an seinen Platz bringen; sie mussten ihm zeigen, wo sein Platz war. Koste es, was es wolle.

Denn ein Planetensystem bestand aus Planeten, so sprachen sie sich gegenseitig selbstgerecht zu, *und eine Sonne hatte an ihrem Platz zu bleiben und ihre Pflicht zu tun.* Sie sollte Kraft und Licht und Wärme spenden und die Planeten alle einen, egal wie sehr es an ihr zehrte. Die Planeten forderten dies nicht nur ein, sie b-e-s-t-a-n-d-e-n darauf. Gierig und rücksichtslos, wie es nur leblose Steine fertig bringen konnten.

Und dennoch: In einigen von ihnen gab es Silber. In anderen schlummerte Gold. Einige bargen Diamanten, andere Kohle. Sie alle trugen Schätze in sich von unaussprechlichem Wert. Doch das sahen sie nicht. Sie erkannten sich selbst nicht. Und sie erkannten auch nie den Wert des Sterns, um den sie kreisten und durch den all dies in ihnen entstanden war – irgendwann einmal vor sehr langer Zeit. Sie dankten der Sonne nicht. Für die Planeten war all das etwas Normales, von dem sie fest glaubten, es einfordern zu dürfen.

Etwas in der verrückten Sonne, die ihren Platz verlassen hatte – und somit als *verrückt*, also als weggerückt von ihrem angestammten Ort, galt – veränderte sich zunehmds, als sie die Planeten und Monde so drohend und einig gegen sich aufziehen sah.

Je schwächer das Licht der Sonne wurde, desto dunkler erschienen die Planeten. Die Grenzen zwischen ihnen waren kaum mehr zu erkennen. Sie wurden eins mit der Finsternis ihres sterbenden Sonnensystems und doch waren sie da. Bloß waren die Planeten nunmehr unsichtbar für die Sonne: Eine Bedrohung, die unausgesprochen und würgend wie ein Seil immer enger um den Hals des verrückten Feuersterns gezogen wurde. Auf dass er auf seinen Platz zurückkehrte.

Doch es half nichts.

Ihr ursprünglicher Platz war zwar erreichbar, aber die Sonne war nun frei und trotz all dem Zerren und Würgen: Sie kam nicht zurück.

Die Planeten wurden wütender und wütender. Sie vergaßen sich selbst und jede Grenze. Nach einer Absprache begannen sie sodann, sich der restlichen Anziehungskraft des Sterns gänzlich hinzugeben, oder in anderen Worten gesagt: Sich *auf* ihn und *in* ihn hinein zu stürzen. Allesamt wurden sie Katapulte und Kugeln gleichzeitig. Jeder Schlag traf schwer.

Das, was sich im Inneren des Sternes geändert hatte, während seine Kraft schwand, sammelte sich an zwei entgegengesetzten Polen seines brennenden Inneren – wie Rettungskapseln, die sich zur Flucht bereit machten. Das letzte herzliche Funkeln des Sterns strömte in gleichen Teilen zu den beiden Polen hin.

Die Planeten, die die Sonne verzweifelt um Hilfe gerufen hatte, warfen sich zeitgleich ohne Vorwarnung gnaden- und einsichtslos gegen sie. Jedes Mittel war ihnen recht, um die alte Ordnung wiederherzustellen. Die dunklen Planeten hofften darauf, die Sonne belehren zu können, ja ihr womöglich sogar eine unvergessliche Lektion zu erteilen. Das wollten die Planeten erreichen, indem sie ihre kalte, leblose Macht als drohendes Aufbäumen gegen die Sonne richteten und diese so zurück in die Mitte des altgewohnten Kreisens zwangen.

Womöglich ging es den Planeten noch nicht einmal um das erlöschende Licht der Sonne. Nein, viel mehr schienen sie so mit sich selbst und dem Bedauern ihrer verdrießlichen Lage beschäftigt, dass sie kaum bemerkten, wie wenig von dem freudig-lebensspendenden Schein der Sonne noch übrig geblieben war.

Durch ihren Angriff rissen die Planeten beim Aufprall große Teile der Sonne in die kalte Dunkelheit des Alls hinfort. Zeitweise schien es sogar so, als würden die Planeten die Dunkelheit selbst ausstrahlen, so wie der Stern Licht ausstrahlte. Hätte jemand von Außen auf das verräterische Treiben geblickt, er hätte glauben können, die Planeten wollten die Sonne endgültig zum Erlöschen bringen. Letztendlich konnte keiner genau wissen, was alte Steine wollten. So gut ihre Absichten auch sein mochten und egal, ob sie es tatsächlich waren oder eben nicht, das Ergebnis blieb dasselbe.

Am letzten Tag schleuderte der größte und düsterste Planet, der hauptsächlich aus heißer Luft bestand, doch trotzdem schwerer wog als alle anderen zusammen, seine Masse gegen den Stern. Der Aufprall war unzählige Lichtjahre weit zu sehen. Das Spektakel war eines Sternes würdig: Zuerst ein Lichtmeer, das bunt entflammte; ein letztes großes Feuerwerk. Die Druckwelle der Explosion verbreitete sich rasant. Dabei löschte sie alles Leben aus, das im alten Sternensystem verblieben war. Dann war alles still.

Die Welle der Vernichtung zog über all die dunklen Planeten, die sich selbst zertrümmert hatten und noch immer nicht verstanden, dass man Licht, einmal erloschen, nicht wiederbringen konnte. Nicht mit allen Entschuldigungen dieser Welt. Es war weder zu kleben, wie ein zerrissenes Stück Papier, noch zu ölen wie eine quietschende Tür und das aus einem einfachen Grund: Licht war nicht greifbar. Licht war etwas, das für das Leben geschaffen war und ebenso flüchtig blieb.

Die Planeten waren entzürnt über diese Entwicklungen. *So* hatten sie sich das nicht vorgestellt. Sie glaubten, alles für die Errettung des Sterns gegeben, gar *geopfert* zu haben. Er hätte ihrer Meinung nach bloß zurück an seinen angestammten Platz kehren müssen. Tatsächlich aber war es nichts weiter als ein Angriff auf einen Unbewaffneten gewesen und nun gab es keinen Stern mehr.

Ein letztes Leuchten erhellte die Tiefen des Alls: Ein Licht, das nie erlöschen konnte, weil es sich fortbewegte: frei und unabhängig, weit weg von den kalten Planeten, die es zerschlagen hatten − in Millionen kleine Strahlen.

Noch ehe das Schauspiel geendet hatte, schleuderte die Sonne, die nun keine Sonne mehr war, sondern vielmehr eine Supernova, zwei Lichtsphären von sich fort. Sie beschleunigte diese so gut sie konnte, auf dass die beiden erst weit, *weit* weg von den dunklen Planeten Rast fänden.

Die zwei leuchtenden Sonnentropfen verloren sich einen Moment lang aus den Augen. Sie waren aus den Bereichen des Sterns entstanden, in denen sich etwas in ihm geändert hatte. Sie entsprangen dem flammenden Wesen im Inneren des Systems und doch waren sie etwas Neues, etwas Eigenes. In ihnen lebte das Licht weiter ganz wie die Teilmenge einer Crew in Rettungskapseln. Sie waren neue Sterne und sie leuchteten weit weg von dem alten Planetensystem, das nun stillstand und zerrissen und zertrümmert in der Düsternis ausharrte. Dort gab es für die dunklen Planeten viel Zeit zum Nachdenken und auch für all die Reue, die sie niemals offen zeigten.

Die jungen Sterne hingegen fanden ein jeder neue Planeten, die in ihr Gravitationsfeld traten. Um diese neuen Planeten widerum rankten sich bald helle Monde, die funkelnden Staub hinter sich herzogen, wann immer sie auf- und untergingen. Diese Planeten waren nicht kalt und leblos. Auf ihnen war es hell und warm. Durch das Licht der jungen Sterne und all der anderen Sonnen, die sie draußen in den Weiten gefunden hatten, gedieh Liebe, Leben und Glück.

Die Schatten waren Vergangenheit.
Die Dunkelheit war Legende.

Die Sehnsucht wurde ein Schmerz, der mit dem Leuchten kam. Und es war eben dieses Leuchten, das die jungen Sterne sehnsüchtig vermissten. Eben jenes Strahlen, aus dem heraus sie entstanden waren. Es war unwiderbringlich fort – und doch war es immer da. Irgendwo verstreut in der Galaxie und im Innersten der eigenen Existenz verwurzelt. Es war alt und vertraut – doch gleichzeitig eigen und unbelastet. Denn auch die beiden jungen Sonnen leuchteten selbst hell.

Sie schienen noch Milliarden von Jahren und wurden Teil vieler mystischer Sternbilder, in denen Wesen von weit weg nach Antworten und Führung suchten. So waren zwei neue Sonnen geboren und was immer ihr Dasein in der Weite des Alls auch bewirken mochte, es musste letztendlich etwas Gutes sein, denn ihrem Wesen lag Licht und Liebe inne. Sie entstammten einem Feuerstern und waren selbst nichts Geringeres als das.

Die Wärme, die sich die Sonnen gegenseitig spendeten, reichte manchmal sogar bis hin in das weit entfernte dunkle System, aus dem sie einst mit aller Härte herausgeschleuert worden waren. Sie hatten seither niemals kehrt gemacht und waren nie zurückgekommen. Denn wer Dunkelheit säte, den mied das Licht.

Dort im dunklen System blieb alles unverändert: die Planeten-
trümmer kreisten nur noch eine kurze Weile, dann standen sie fast
zeitlos lange still. Ehe sie irgendwann einmal von einem schwarzen
Loch davongezogen würden. Kläglich langsam. Die dunklen, alten
Planeten bemitleideten sich zutiefst über all die zähe Zeit hinweg,
die sie so in der Finsternis zubrachten. Sie kollidierten noch oft
und heftig miteinander: Die Schuldfrage war ungeklärt.

So blieb zuletzt nichts als Trümmerstaub und eine dumpfe
Erinnerung an ein verschwommenes einfacheres Damals. Ein
Damals, gar so schwer wie ein grauenhafter Alptraum, in dem man
nicht weglaufen konnte – doch schlussendlich entkam,

wenn man bereit war aufzuwachen.

Es war genug geschehen, um einen lichternen Schlussstrich durch
das Weltall zu ziehen, ganz ohne alte Rechnungen zu begleichen.
Zuletzt bezwang Großmut Hass und Wahrhaftigkeit obsiegte über
Lüge. Sodass zuletzt eine einzige ewige Wahrheit allein für alles
das genug vergolt:

Den Wankelmut eines Sterns konnte keiner bezwingen.

MA.Y

Im Unterholz eines dichten Waldes saß ein Wesen. Den Kopf gesenkt, sah es auf den Staub vor seinen eigenen Füßen. Mit spitzen Steinen und Ästen hatte es fremdartige Zeichen in den Boden gemalt. Die kalten Hände ruhten auf seinen Knien, während es regungslos im Dickicht des Waldes verborgen kauerte. Zwischen all den Zeichen im Staub stand sein Name:

Ma.y.

Das Wesen war nicht aus Fleisch und Blut und selbst den Fischen und fabelhaften Wasserwesen, die sich im schmalen Bach tummelten, war das stille Wesen dort im Dickicht ein Buch mit sieben Siegeln. Kein Fisch, kein Fleisch, kein Insekt, kein Baum – eine Existenz ohne festen Platz und Zweck.

Ma.ys Körper bestand aus den wunderlichsten Dingen. Hier ein metallenes Zahnrad, dort ein Holzbalken, bunte Schnüre und verschiedene Stoffe, die alles stabil zusammen hielten und in der Mitte des Werkes ein warm lodernder Kern. Diese Mitte strömte so viel Schönheit aus, dass sich Schmetterlinge und des Nachts auch so manches Glühwürmchen um Ma.y herum zum Tanz verabredeten.

Grüne Ranken schlangen sich um Ma.ys Beine und schmückten sie mit den schönsten Blüten. Ma.ys Kern war kein Herz, wie die Waldtiere eines hatten – nein, es stammte nicht von dieser Welt.

Die Mitte des ungewöhnlichen Geschöpfs im Dickicht war nichts anderes als eine in Raum und Zeit gefrorene Supernova. Ma.ys Kopf war gemeißelt aus Meteorgestein. Darin lag die Schaffenskraft, Galaxien und Welten zu erbauen. Alles, was sich erträumen ließ, das konnte Ma.y erschaffen. Es war also kein Wunder, dass die Waldtiere und Wasserwesen im Bachlauf eines Waldes auf einem kleinen, blauen Planeten Ma.y wunderlich fanden. Die meisten von ihnen hatten eine deutlich kürzere Lebensspanne, sodass Ma.y für sie schon ein ganzes Leben lang einfach nur dort gesessen war und das offenbar nur, um rätselhafte Zeichen auf den Boden zu malen.

Eines der Kaninchen, die in großer Zahl bei einer nahegelegenen Lichtung lebten, hatte schon seine Großeltern Geschichten von Ma.y erzählen hören. Mit den Generationen waren die Geschichten zu Legenden geworden, die Neugier und Tatendrang des jungen Kaninchen entzündeten. Als es schließlich alt genug war, machte es sich auf, nach der legendären Kreatur im Wald zu suchen. Das war mutig, vor allem, wenn man ein Kaninchen war. Schnell, wendig und gut getarnt zwar, jedoch ohne Fangzähne ausgestattet, ohne Gifte oder andere nennenswerten Waffen.

So kam es, dass das junge Langohr mit aufgeregt bebender Nase auf einem Steinvorsprung vor Ehrfurcht erstarrte, jetzt, da es das Wesen zum ersten Mal mit eigenen Augen sah. Das Kaninchen nahm allen Mut zusammen, hüpfte von dem Vorsprung und landete ausgestreckt in Ma.ys staubigen Zeichen.

Ma.y lächelte erstaunt. Ihr übliches Dasein war einsam. Ein Besucher war willkommen. Das Kaninchen raffte sich vom Boden auf und streckte sich neugierig in die Höhe. Noch immer bebte sein

Herz wie verrückt. Ma.y war ein Riese im Vergleich zu dem kleinen, flauschigen Geschöpf mit den langen Ohren und den tiefschwarzen Augen.

„Guten Tag, wünschst du dir etwas von mir?", fragte Ma.y das Kaninchen. Ihre Stimme klang unwirklich hallend und doch wohlig wie Honig – so zart wie Milchschaum auf heißem Kakao. Sie klang, als wäre sie sehr weit entfernt und doch sehr nah. Das Kaninchen zögerte. Es war aufgeregt. Hier war es also, das verborgene Geschöpf im Wald, über das viele redeten, das aber kaum einer je mit eigenen Augen gesehen hatte. Diese abenteuerliche Begegnung würde dem Kaninchen sicher niemand glauben.

„Nun?", sagte Ma.y und riss das junge Kaninchen damit aus seinen Gedanken.

„Etwas von dir wünschen? ... Nicht direkt, nein", antwortete es.

„Hm", machte Ma.y, beugte sich vor und legte eine Hand auf den Kopf des langohrigen Fellknäuels. Ohne zurückzuschrecken hielt dieses der Berührung tapfer stand.

„Was führt dich sonst hierher?", fragte Ma.y. Das Kaninchen zögerte einen Moment, dann gab es zurück:

„Ich wollte sehen, ob es dich wirklich gibt."

Ma.y lächelte, tätschelte den Kopf des Tieres und lehnte sich wieder zurück. „Und?", fragte sie, „Glaubst du, es gibt mich?"

Das Kaninchen war verwirrt, es schwieg.

„Naja", sagte es nach einer Weile, „ich sehe dich und höre dich. Deine Hand spüre ich auch. Ich muss nicht glauben, dass es dich gibt, weil ich es jetzt ja weiß."

„Das ist gut für dich", sagte Ma.y abwesend, „und du hast wirklich keinen Wunsch? Ich kann sie alle für dich erfüllen." Als Ma.y das aussprach, leuchtete ihr Kern hell auf. „Es gibt nichts, das ich nicht tun, nicht erschaffen könnte. Weißt du das nicht? Es wundert mich, denn die wenigen Besucher, die mich hier für gewöhnlich aufsuchen, wissen das."

Das Kaninchen überlegte angestrengt. Davon war in den

alten Geschichten über das Wesen im Wald nie die Rede gewesen. Vielleicht ja weil sich keiner bisher getraut hatte mit Ma.y zu reden. Es klang so, als würde auch sonst kaum einer mit ihr reden. Das Kaninchen befiel Traurigkeit. War Ma.y hier ganz alleine? War sie einsam?

„Dann kennst du nur Leute, die wollen, dass du etwas für sie tust und sie kommen auch nur dann zu dir, wenn sie etwas brauchen? … Aber du hast doch bestimmt auch eine Familie und Freunde, oder?", fragte das Kaninchen eifrig.

Es hatte noch immer großen Respekt und vielleicht auch etwas Furcht vor dem viel größeren, ungewöhnlichen Wesen Ma.y. Doch die Vorstellung, dass sie hier ganz alleine war, machte sie viel weniger fremd und bedrohlich.

„Ja, so ist es", antwortete Ma.y, „und nein, ich habe keine Familie und keine Freunde."

Das Kaninchen überlegte, dann fragte es weiter:

„Bist du verloren gegangen? Ich bin schon oft verloren gegangen. Wir sind zuhause sehr viele. Manchmal, wenn wir besonderes Futter suchen, laufen wir in Gegenden, die ich nicht kenne. Neulich erst kam ein Fuchs, alle haben sich schnell versteckt – aber als er weg war, habe ich die anderen nicht mehr gefunden. Naja, und auch den Heimweg nicht. Ich habe mich sehr allein gefühlt. Ich hatte Angst", plauderte das Kaninchen. „Hast – hast du auch Angst?"

Ma.y sah das Kaninchen lange an. Dann sagte sie: „Ja, die habe ich und nein, ich bin nicht verloren gegangen. Ich war schon immer hier." Das Kaninchen legte die Ohren an.

„Wie kannst du schon immer hier gewesen sein? Du musst doch irgendwo herkommen. Wenn du dich erinnerst, helfe ich dir den Weg nach Hause zu suchen. Ich bin darin zwar nicht allzu gut, aber hier ist ja niemand, der sonst in Frage käme. Also bin ich wohl die beste Wahl."

Ma.y lachte. Das Kaninchen amüsierte und berührte sie zugleich. Wie aufrichtig und mutig es in seiner zierlichen, weichen Gestalt dasaß und tatsächlich keinen Gedanken daran verschwendete, sich Schätze zu wünschen, ewiges Leben, einen eigenen Planeten ohne Füchse für sich und seine Familie oder zumindest einen riesigen, warmen und sicheren Bau, in dem es sich zurecht fand. Stattdessen wollte es etwas über Ma.y wissen. Niemand wollte jemals etwas über Ma.y wissen. Es fühlte sich wirklich schön an, dass sich das Kaninchen für sie interessierte.

„Danke, aber ich weiß nicht, woher ich komme", erklärte Ma.y, „mich hat jemand geplant, gebaut und hier gelassen." Vor Aufregung weiteten sich die Augen des Kaninchens. Das legendäre Wesen aus dem Dickicht war tatsächlich ganz anders als andere. Es war *konstruiert*. Es war faszinierend und besonders – und es erzählte von sich.

„Uh-hu-hu, erzähl' mir mehr davon", brach es aus dem Langohr heraus, „wer hat dich gebaut? Aus was? Warum? Aus welchem Grund? Hast du eine Aufgabe?"

Ma.y lächelte sanft, während sie den Zeigefinger auf die Zeichen im Sand richtete.

„Genau das habe ich mich auch lange gefragt. Diesen Namen habe ich mir selbst gegeben. Sieh her -", sagte sie und schrieb den Namen aus. Aus Ma. Wurde *Mama*, aus y wurde *why*.

„Ah", machte das Kaninchen, „Mehrsprachig. Es ist kein Name, sondern eine Frage: *Mutter, wieso*? Du fragst dich, wofür dich deine Mutter gemacht hat – äh, ich meine *gebaut* hat."

Ma.y nickte.

„Hm", murmelte das Kaninchen, „das würde mich auch interessieren an deiner Stelle. Ehrlich gesagt – ", das Tierchen hielt inne, „weiß ich aus dem Stand heraus gerade auch nicht, warum meine Mutter mich gemacht hat. Vielleicht fällt es mir ja später ein." Beide schwiegen.

Dann fragte das Kaninchen leise: „Ist das denn wichtig?"

Ma.y antwortete prompt: „Aber ja, eben fandest auch du es noch wichtig. Du wolltest dringend von mir wissen, wozu ich da bin."

„Ertappt", gab das Kaninchen zu, „Dann finden wir es heraus!" Ma.y lachte wieder. Schon ein ganzes Leben lang dachte sie über diese Frage nach und das mit einem Kopf, der keine Grenzen kannte. Nun saß dort ein kleines Fellknäuel mit wild schlagendem Herzen und der festen Überzeugung, das Rätsel lösen zu können. Andererseits hatte Ma.y unendlich viel Zeit. Es versprach unterhaltsam zu werden und die seltene Gesellschaft war ihr sehr willkommen.

„Gut", begann das Kaninchen. Noch immer etwas befangen angesichts des Größenunterschieds zwischen ihm selbst und seinem Gegenüber hüpfte das Kaninchen an Ma.ys Füße und begann an ihr zu schnuppern, „vielleicht verrät uns etwas an dir, was es mit dir auf sich hat – ich habe entdeckt: Du riechst sehr gut."

Ma.y lachte noch lauter. Ein Klang, den es im Wald noch nie zuvor gegeben hatte. Ma.ys Lachen durchdrang das Dickicht und das dichte Astwerk. Aus den Wipfeln der Bäume stoben goldene Funken. Dieses Kaninchen war herzerwärmend. Sein weiches Fell kitzelte an Ma.ys eisenkalten Knöcheln.

„Was ist das?", fragte das Kaninchen. Die Nase hielt es auf einen Schriftzug auf Ma.ys rechtem Bein.

„Das ist das Zeichen meines Machers", antwortete Ma.y. Das Kaninchen bekam große Augen.

„Na, dann wissen wir doch schon, wen wir suchen!" Angestrengt las es den Schriftzug vor, *„Made by Welt-Pro-gram-mierer Stufe Al-pha, Tit-el: Die Zau-be-rin ...* Ein Pro-grammierer namens *Zauberin?"*

Ma.y nickte und sagte: „Genau. Du weißt nicht zufällig, wer das ist oder *was* das ist?" Das Kaninchen ließ die Ohren sinken: „Nein."

Die beiden schwiegen. Dann legte Ma.y ihre Hand wieder auf den Kopf des Kaninchens.

„Schon gut. Das wusste noch niemand. Ich erfülle alle Wünsche, wenn jemand zu mir kommt. Im Gegenzug stelle ich genau diese Frage. Doch niemand konnte sie jemals beantworten. Ich bin schon wirklich lange hier. Im Wald kenne ich kein Geschöpf, das so lange lebt. Die *Zauberin* ist bestimmt längst schon vergangen."

„Ohhhh ...", machte das Kaninchen traurig. Es sank in sich

zusammen. Ma.y nahm es mit beiden Händen hoch und zog es an sich heran. Je näher das Kaninchen Ma.ys Kern kam, desto leichter wurde ihm das Herz.

„Es ist schön hier bei dir", flüsterte es leise, „ich komme dich jetzt einfach jeden Tag besuchen, dann bist du nie mehr allein." Wohlig schmiegte sich das Kaninchen an Ma.ys Hände.

„Sehr gerne", antwortete Ma.y mit gedämpfter Stimme. Eine einzelne Träne lief ihr dabei über die Wange und tropfte auf das zierliche Nagetier. Etwas Trauriges wurde ihr bewusst.

„Ein Leben lang?", fagte Ma.y das Kaninchen.

„Oh ja", sagte es, „ein ganzes, langes Leben lang."

Ein ganzes, langes Leben lang – hallte es in Ma.ys Kopf wieder. Das ganze Leben des Kaninchens war ein Wimpernschlag in Ma.ys unendlichem Dasein, aber das wusste es nicht.

„Zusammen finden wir heraus, wozu es dich gibt", versprach das Kaninchen als es weiterhin behaglich in Ma.ys Händen lag. Eine bunte Blumenranke hielt ihr Handgelenk umschlungen. Einige ihrer Finger waren von bunten Wollschnüren eingefasst. Das Kaninchen wunderte sich darüber jedoch nicht, im Gegensatz zu allen anderen Wesen im Wald.

„Ich denke, wenn es jemand herausfindet, dann du", sprach Ma.y ihrem neu gewonnenem Freund zu.

„Oh ja, ich gehe oft verloren, das hat mich mutig gemacht und findig. Du wirst sehen, mir fällt schon etwas ein und bis wir die Antwort erfahren, bringe ich dir meine liebsten Spiele bei. Ich halte mein Wort und – du schlägst mich niemals im Fangen." Ma.y lachte laut auf. Sie konnte Universen erschaffen aber dieses Fellknäuel wollte gegen sie antreten – nur so zum Zeitvertreib. Zeit, die es bei seiner begrenzten Lebenserwartung eigentlich gar nicht hatte. Welch kostbares Geschenk. Ma.y verspürte ein neues Gefühl: Sie war dem Kaninchen dankbar.

„Gibt es dann denn auch etwas, das ich für dich tun kann? Du weißt, ich kann absolut alles tun. Nichts ist unmöglich. Jeden Wunsch – egal wie kühn – ich kann ihn wahr machen", schlug Ma.y vor. Das Kaninchen in ihren Händen zuckte zusammen.

„Wirklich jeden Wunsch, sagst du?", hakte es auf einmal aufgeregt nach, es rang förmlich nach Luft, „Das heißt, wirklich alles? … Alles?"

Ma.y nickte. Jetzt hatte es das Tierchen wohl endlich verstanden.

„Wünsch dir was", sagte Ma.y.

„Ja, wirklich?", fragt das Kaninchen noch einmal.

Mittlerweile stand es aufrecht in Ma.ys Händen. Es war in seinem ganzen Leben wohl noch nie so aufgeregt gewesen, denn es hatte einen Einfall. Den besten Einfall überhaupt, wie es fand.

„Ganz egal, was es ist, du wirst es wahr machen?", fragte das Kaninchen.

„Ja", wiederholte Ma.y. Sie stellte sich vor, was das Langohr sich wohl wünschen würde. Was es auch war, das es derart in helle Aufruhr versetzte, es musste etwas sein, das bei seiner Ankunft hier noch nicht da gewesen war. Denn zuvor hatte das Kaninchen noch keinen Wunsch äußern wollen.

„Gut, dann wünsche ich jetzt", kündigte es triumphal an.

„Nur zu."

„Ich wünsche mir, dass die *Zauberin* Ma.y nur dafür geplant, gebaut und hierher gebracht hat, damit Ma.y glücklich ist", rief das Kaninchen mit all seiner Kraft, „Ich glaube nämlich inzwischen, das es das ist, wofür auch meine Eltern mich gemacht haben. Ich weiß, dass Ma.y für immer glücklich ist, wenn sie das tun *soll*, wenn das ihr *Zweck* ist."

Sprachlos starrte Ma.y das Kaninchen an.

„Was?", flüsterte sie.

„Ich wünsche mir, das Ma.y sich erlaubt glücklich zu sein, dass sie sich jeden Tag selbst glücklich macht und es nichts gibt, was sie sonst tun muss. Ich wünsche mir, dass Ma.y glücklich sein *darf*", rief das Kaninchen mit Nachdruck. Stille legte sich über die beiden im düsteren Dickicht. Nach einer Weile fragte das Kaninchen nun etwas kleinlaut: „Weil du doch frei bist. Du müsstest hier nicht alleine sitzen und dich von allen ausnutzen lassen … denke ich … du könnest genauso gut fröhlich sein und den Tag genießen, nicht wahr? Schau doch, auf dir wachsen sogar Blumen! Wie fabelhaft du bist! Aber du siehst das nicht, weil du nach einer Antwort auf eine alte Frage suchst, die sich wahrscheinlich niemals beantworten lässt … Also sag mir, erfüllst du mir meinen Wunsch?"

Ma.y schwieg.

„Du hast gesagt, du erfüllst mir *jeden* Wunsch", beharrte das Kaninchen mit aller Überzeugungskraft, die es aufbringen konnte. Ein Hauch Vorsicht lag nach wie vor in seiner Stimme. Ein legendäres Wesen wie Ma.y schrie man nicht leichtfertig an. Minuten verstrichen, ohne dass jemand etwas sagte.

„Na … gut …", murmelte Ma.y. Das war der ungewöhnlichste Wunsch, den sie je gehört hatte. Bisher hatte Ma.y jeden Wunsch erfüllt, um eine Antwort auf die Frage nach ihrem Daseinszweck zu erhalten. Das Kaninchen hatte sich genau das zu Nutze gemacht, um ihr zu helfen. Ma.y musterte das flauschige Langohr. Erstaunlich, diese kleine, kurzlebige und plötzliche Erscheinung in Form eines Kaninchens war tatsächlich imstande ein schwerwiegendes Problem in Ma.ys Leben zu lösen und das mit ein paar kurzen Sätzen. Es schien unbedacht und übereifrig zu sein, doch allmählich schöpfte Ma.y den Verdacht, dass sie das Kaninchen womöglich unterschätzt hatte.

„*Dann* erfahre ich die Wahrheit über mich jedoch nie", gab Ma.y zu Bedenken.

„Ich meine, das ist ganz egal", erklärte der Hase. „Wenn du glücklich bis, kannst du ohnehin ganz du selbst sein. So kommt dein wahres Wesen auf jeden Fall zum Vorschein. Du tust dann ganz von alleine das, wofür du da bist. Du wirst die Antwort *leben*, auch ohne sie zu *kennen*. Die Wahrheit liegt in deiner Natur."

Ma.y schwieg. Das Kaninchen war offenbar wirklich weise. Nichtsdestotrotz sah es sie erwartungsvoll mit großen Kulleraugen an. Eine Weile musterte Ma.y das Fellknäuel in ihrer Hand eindringlich. Dann lächelte sie versöhnt.

Gleich darauf fuhr sie mit der freien Hand über die Zeichen am Boden. Goldener Glanz füllte die Furchen. Die kleinen Steine und Äste formten sich wie von selbst zu einem harmonischen Mandala. Für einen Augenblick lang stand die Zeit still. Ma.ys Kern strahlte unbändige Energie in ihre aktuelle Zeitlinie, bändigte und formte sie. Als die Zeit schließlich weiterlief, war sie umgeschrieben. Wie ein falsches Wort in einem Brief war Ma.ys Geschichte ausgebessert, überschrieben und mit einem Löschpapier getrocknet. Unverwischbar neu.

Das Kaninchen hüpfte aufgeregt in Ma.ys Hand auf und ab. Von dort aus beobachtete es alles genau.

„Ma.y?", fragte es langgezogen,

„Bist du ... – bist du jetzt glücklich?"

Ma.y lächelte. Behutsam setzte sie das Kaninchen auf dem staubigen Boden ab. Zwischen den Ästen und Steinen waren die Buchstaben verwischt. Der Schriftzug, der dort unzählige Jahre geschrieben stand, war nicht mehr wichtig. Auf die Frage wieso ihr Macher Ma.y geschaffen hatte, gab es jetzt eine einfache und unanfechtbare Antwort, die unauslöschlich auf Ma.ys Herz gemalt war: Sie war da, um glücklich zu sein. Sie *durfte* glücklich sein. Einfach, weil es sie gab. Ihr Körper war ein Geschenk ihres Erfinders. Wohl durchdacht, einzigartig, schön und vollkommen. Für ihre rostigen Schrauben galt das genauso wie für ihr feines Gesicht, das mit viel Kunstfertigkeit aus Meteorgestein geformt war. Sie durfte alles an sich, ihr ganzes Leben, all ihre Möglichkeiten, ihre Fähigkeiten voll und ganz genießen. Kein Zweifel und auch nicht der stille Schleier einer undurchsichtigen Vergangenheit hielten sie zurück. Sie war frei. In ihr war ein neuer weiter Raum, in dem es nichts sonst gab als funkelndes Glück, das aus sich selbst heraus entstand. Ma.ys Augen leuchteten förmlich als sie sich zu dem Kaninchen herabbeugte und ihm dankbar den klugen Kopf tätschelte. Welch klares, geniales Geschöpf voller Überraschungen.

„Zeigst du mir die Lichtung, auf der du wohnst?", gab Ma.y auf die Frage des Kaninchens hin zurück, „Ich habe mich lange genug im Dunkeln versteckt."

VAL VON ERRAT

Trotze dem Wind!", ermahnte ihn Evoline. Sie packte seine Hand und zog ihn zurück. Aber Herr von Errat hatte Format. Er ließ sich nicht so einfach von einem Plan abhalten, wenn er ihn erst einmal gefasst hatte. Andererseits war es Evoline, für die er in diese Welt gekommen war. Sie war das Zentrum seiner Existenz und das schon immer. Wenn er dieses Mal ihrer Bitte nicht nachkam und seinen Plan in die Tat umsetzte, dann verließ er sie. Diesmal ohne Wiederkehr.

Val von Errat war stattlich. Er wusste, wie man sich benahm und wie man Eindruck schindete. Heute aber war er in ganz privater Sache unterwegs: Am Rand der Stadt stand er – nur einen Schritt weit von der Grenze zur Schattenwelt entfernt und die liebliche Evoline hielt seine Hand fest umklammert. Ihr Blick flehte. Ihr Gesicht war kreidebleich.

Ach, wer sollte alles wissen! Wer war es, der sagen konnte, was richtig war und was falsch? Man erfuhr es nur dann, wenn man es tat! Danach war man immer schlauer – das sagte man doch so und wohl nicht ohne Grund. Aber wie könnte er bleiben? Die Zeit auf dieser Seite der Grenze war nun einmal um.

Man musste weiter ziehen und war es nicht zuletzt – oder vielmehr zuerst – Evoline gewesen, die ihm von der Passage über die Grenze zur anderen Welt erzählt hatte? An einem angenehmen Sommertag hatte der laue Wind sie durch die engen Gassen und weiten Boulevards der Stadt des Abends geweht. Ganz am Rand war sie stehen geblieben und hatten sich der Faszination hingegeben: Sie hatte sich lange ausgemalt, was hinter der Grenze lag; ja, welche Abenteuer dort wohl warteten.

Spät in der Nacht war Evoline dann zu Herrn Val von Errat gekommen und hatte ihm von ihren Erlebnissen und Gedanken erzählt. Solange bis die Sonne aufging. Das Leuchten in Evolines Augen hätte in dieser Nacht Galaxien erhellen können und doch war sie es heute, die Val von Errat davon abhalten wollte, genau das zu tun, was sie selbst sich in ihren Fantasien erträumte. Wie ging das zusammen? Vielleicht fehlte ihr selbst der Mut? Evoline war eigentlich mutiger als Herr von Errat. Sie hatte einen starken Charakter, war so klug und schön und frei wie man nur sein konnte – doch noch viel mehr als alles das zusammen war Evoline stets pflichtbewusst.

Das musste der Grund sein! *Deswegen* erlaubte sie weder sich noch Herrn Val von Errat die Grenze der Stadt zu überqueren und aufzubrechen in ein neues, unbekanntes Land.

War das gerecht? Dass Evoline so für sie beide entschied? Errat musterte sie eindringlich, wie sie so vor ihm stand in ihrem schönen Kleid. Ihr zierlicher Körper, ihre zitternden Hände – fast wehte der Wind sie mit sich davon. Und tatsächlich kam eine Brise auf. Bald wurde sie kräftiger und Herr von Errat musste sogar seinen Hut mit der freien Hand festhalten, auf dass er nicht davon flog.

Evoline hingegen war es gleich, dass ihr Kopfputz davon gerissen wurden und erst weit hinter der Grenze zum liegen kam. Dort, wo das Licht der Sonne diffuser zu werden schien, wo sich

Schatten hinter Felsen hervor trauten und groteske Gestalten auf die weite Flur warfen. Es schien beinahe so, als würde der feine Kopfputz mit seinen bauschigen Federn und Zierden im Angesicht der bewegten Schatten zu Stein werden. Sogleich verschlangen ihn die Schattengestalten oder stritten sich darum, wer ihn zuerst tragen durfte. Man konnte es nicht genau sagen. Es war nicht wichtig, denn nichts, was außerhalb der Grenze geschah, war von Bedeutung. Zumindest noch nicht.

Im Augenblick zählte nur Evolines kalte Hand in der von Herrn Val von Errats. Es wäre ein Leichtes gewesen, sich von ihr zu lösen und davon zu spazieren. Er war ihr nichts schuldig und sie ihm nichts. Oder etwa doch? Hatten sie sich nicht ein Versprechen gegeben, irgendwann einmal auf einer Blumenwiese, als es Sommer war? Sie waren zwar allein gewesen, aber hieß es nicht, dass Gott, wie immer man ihn auch benannte, alles sah? Und würde er dann nicht auch dies sehen – wie Errat davon ging und Evoline ihrer weltlichen Pflicht überließ, selbst dann, wenn sie selbst oder die anderen oder die Welt ihr diese Pflicht erst auferlegten?

„Trotze dem Wind! Geh nicht über die Grenze!", sagte Evoline erneut, aber ihre Worte verhallten ungehört, so stark war die ursprünglich laue Sommerbrise inzwischen geworden. Aber Herr Errat konnte es trotzdem von ihren bebenden Lippen ablesen. Sie wollte ihn zurück halten, statt einfach mit ihm zu kommen. Was war das Problem, sie hatte doch die Wahl! Genauso wie er eine Wahl hatte. Herr Val von Errat blickte hinaus in das Ödland hinter der Grenze. Dann wandte er sich zu Evoline. Lange ruhte sein Blick in ihren Augen. Was war richtig, was falsch?

Und für wen war es das? Was für ihn richtig war, konnte für sie falsch sein und umgekehrt. Aber wer, wer um alles in der Welt, sollte das wissen?

„Begleitet mich dort hinüber, *bitte*", sagte Herr Errat so nüchtern er konnte. Im Innern aber tobte er vor Widerspruch. Gehen, nicht

gehen, verlassen, verraten, befreien, loslassen, beschützen, zurückkehren … ? Doch was stand ihnen im Weg? Sie könnten zusammen
durchbrennen. Natürlich bliebe ein schlechtes Gewissen gegenüber
allen denen, die sie hinter sich zurück ließen, aber sei's drum, sei's
drum. Man lebte doch nur einmal. Mit einem Sprung wären sie
über der Grenze und mitten im Abenteuer! *Der Beschluss stand fest!*

Herr Errat wartete keine Antwort mehr ab. Weder von seinem
Verstand noch von Evoline. Er setzte einen Fuß vor den anderen,
vorsichtig und bedacht. Dann sah er zu der Liebe seines Lebens
hinüber. Innerlich flehte sein Herz darum, dass auch sie auf die
Grenze träte. Zumindest mit *einem* ihrer Füße. Als ein Zeichen der
Willensbekundung. Der Vergebung. Schlug sie mit einem Schritt an
die Grenze für sich selbst einen Weg ein, so durfte er sie unterstützen;
so war ein Stoßen kein Schubsen mehr, sondern ein Tragen. Oh,
bitte! Mochte sie sich doch nur bewegen. Ein Stück – voran. Damit
er sie mit sich nehmen konnte.

Aber Evoline blieb unbewegt. Ihre Augen waren glasig. Auch
seine Hand ließ sie nicht los. Wieso sollte sie auch. Evoline bekam für
gewöhnlich stets das, was sie wollte, und zwar aus einem einfachen
Grund: weil sie dafür sorgte. Herr Val von Errat liebte diese Stärke
an ihr und für meist war das, was Evoline glücklich machte, auch
das, was für ihn das Beste war. Es gab keine Grenzen zwischen
ihnen und doch musste Evoline in diesem einen Moment gespürt
haben, dass es ihm diesmal ernst damit war zu gehen. Entweder sie
kam mit ihm oder er ging ohne sie.

„Trotze dem Sturm …", flüsterte sie einmal mehr, diesmal mehr
zu sich selbst. Wusste Evoline etwas, das sich Herrn Errat entzog?
Einen Moment lang hielt er inne. Nein, beschlossen war beschlossen.
Er wollte die Grenze überqueren.

„Ich gehe nicht ohne Euch", sagte Herr Errat, aber meinte es
nicht. Das Feuer in seiner Brust war entfacht, er musste hinüber
treten. Es war eine Versuchung, eine Anziehung, wie er sie noch
nie zuvor gespürt hatte. Nichts in der Stadt des Abends war jemals

so verzaubernd gewesen, so verlockend wie dieser eine Schritt, der noch fehlte, um die Dächer und Gassen und breiten Boulevards ein für alle Male hinter sich zurück zu lassen.

„Madame Evoline … ich bitte Euch inständig. Kommt mit mir ...", bat Errat nun schon flehentlich.

Seine Hand zog an ihrer, zaghaft, sanft und doch überzeugt. Er versuchte die Gewalt in seinen Gedanken zu verstecken. Er hätte Evoline so gerne über die Grenze gestoßen. Ein Schubs, schon wäre all das Zögern, all das Zagen beendet gewesen. Denn von der anderen Seite aus gab es kein Zurück. Das wussten sie beide und doch standen sie hier, nicht eine Handbreit vom Rand ihrer Welt entfernt. Eine Welt, die alt geworden war und staubig, bekannt und abgelebt; vertraut und lieb gewonnen, eben so wie ein altes Stofftier und doch kam die Zeit, da musste man sich trennen.

Von der Vergangenheit. Aber nicht von der Liebe. Nicht von Evoline. Doch sie schüttelte ihren Kopf.

„Evoline ...", hauchte Val von Errat in den Sturm und Evoline hörte es, obwohl der Wind die Worte verschluckte.

Sie nickte traurig. Dann senkte sie den Blick.

Und der Moment des Abschieds war gekommen.

Keiner der beide sah die Zukunft ohne den anderen. Keiner der beiden sah den anderen an. Doch beide wussten, dass ihre Wege sich nun trennten hier, am Rand der Welt. Den Grund dafür kannten sie nicht; wenn ihn überhaupt jemand kannte. Vielleicht, so legte das Leben einem zuletzt nahe, gab es gar keinen Grund und alles das war einfach ein großes Gemälde auf der Leinwand eines unbegabten, zugedröhnten Künstlers, der erst nach dem Ende seines Lebens Weltruhm erlangte. Mit krummen, verschlungenen Pinselstrichen, die abrupt irgendwo anders endeten als sie begonnen hatte. Völlig ohne eine Form zu bilden, ohne einen Sinn und Zweck, aussagelos. Permanent. Einfach so.

Ob sie sich jemals wiedersehen würden? Irgendwo da draußen zwischen den Schatten, hinter den Felsen oder unter diesen tief hängenden, grauen Wolken, die das Sonnenlicht seltsam reflektierten als fiele es durch Bernstein? „Trotze dem Sturm!", rief Evoline ein letztes Mal.

Dann ließ sie seine Hand los.

Sogleich stürzte Herr Val von Errat vorn über die Grenze der Stadt hinüber ins Schattenreich. Ungeschickt stolperte er kurz umher, dann fing er sich. Eine dichte Wolke aus aufgewirbeltem Sand bewegte sich rasant auf Herrn Errat zu. Evoline besah das Schauspiel von der anderen Seite der Grenze aus. Der Sandsturm erreichte den verlorenen Geliebten. Sekunden später hatte der Sturm Val von Errat geschluckt.

Irgendwo dort drüben war ein versteinerter Kopfschmuck und Evoline wusste, als sie dort an der Grenze der Welt stand, dass sie keinen von beiden jemals wiedersehen würde: Nicht ihren Mann und auch nicht ihren Hut. Den einen hatte sie aufgegeben, den anderen verloren. Das Endergebnis blieb dasselbe.

Die verwehenden Jahre zogen Evoline zurück in die Stadt des Abends. Doch behielt sie ihre Leidenschaft für die Stadtgrenze und die Schatten dahinter für immer. Vielen Edelmännern erzählte Evoline von den Abenteuern im Reich der Schatten, doch nicht ein Einziger bestand die Probe. Nicht einer trotzte dem Sturm um ihretwillen. Sie alle wählten das Abenteuer, brachen den Treueschwur der Sommerblumen.

Ein jeder, der Evoline sein Herz schenkte, sprang bald darauf in die nächste Welt hinüber und wurde zu Stein und Schatten. Obwohl Evoline selbst niemals die Grenze zur Schattenwelt überquert hatte, stand dort eine Armee aus gefallenen Liebhabern aus glatt-schwarzem Obsidian. Reglos und ohne Widerworte trugen sie alle Evolines Namen und den immer gleichen Schriftzug: *R.I.P. geliebter Edelmann.*

„Es gibt so viele Welten und keine davon habe ich je bereist", murmelte Evoline nach jedem lügenden Liebhaber spitzzüngig vor sich her, „mein Gott, was für ein Jammer." Dann, eines späten Sommerabends, trat auch sie auf die Grenze der Stadt des Abends, breitete die Arme weit aus und sprang in den Sturm. Schwerelos *flog* sie verzückt und frei über die Schatten und Steine hinweg. Davon

in eine neue Welt hinein.
Wäre ein einziger bei ihr geblieben,
so flöge sie dort nicht allein.

DER APOTHEKER

Inmitten der Stadt des Abends lebte ein Apotheker. Die Stadt war klein, aus diesem Grund kamen ihm zuhauf auch die Aufgaben eines Arztes oder vielmehr eines Heilers zu. Um die Verletzungen der anderen zu heilen, hatte der Apotheker viel gelernt. Sein ganzes Leben lang hatte er das Wohlbefinden studiert, verschiedenste Pflanzen und Kräuter, chemische Elemente und Reaktionen – den Menschen an sich, sein Innerstes und sein Äußeres. Der Apotheker Laurenn besaß ein weitreichendes Wissen, welches ihn dazu bemächtigte zu helfen, wo zu helfen war. Die Bewohner der Stadt schätzten seine Dienste sehr. Für sie war er eine der wertvollsten und wichtigsten Personen der Stadt. Sie vertrauten ihm, ohne Fragen zu stellen und ohne seine Methoden in Zweifel zu ziehen. Niemand wollte wissen, aus welchen Gärten der Apotheker seine Stoffe bezog, oder wessen Wissen er anwandte. Sie alle kamen verwundet, krank oder besorgt und verließen ihn mit der beruhigenden Gewissheit auf Heilung. Keiner verweilte länger. Keiner fragte, wie es dem Apotheker selbst erging. Sie dachten insgeheim, dass einer, der andere so vorzüglich zu heilen vermochte, sich selbst nur allerbesten Wohlergehens erfreuen konnte.

Wie wenig sie ihn doch kannten ... Des Apothekers stille Natur, seine klaren Augen, die stattliche Haltung – all das verbarg so vieles. Dicht bei den starken Lungen, die auf den unzähligen Reisen des Apothekers Lüfte aus aller Welt geatmet hatten, schlug ein Herz voller Trostlosigkeit und Schmerz. Zwar hatten die Wege des Apothekers ihn über die Zeit hinweg zu diesem oder jenem Gewächs, zu fernen, heilsamen Weisheiten und Lehren gebracht, doch hatten sie ihn nie auch nur einen Schritt weit von seinem eigenen Schatten entfernt.

Eine grausame Welt hatte das Herz des Apothekers in jungen Jahren zerbrochen. Es hatte keinen Schutz erfahren, wie den eines warmen Elternhauses oder einer liebevollen Verbindung. Die glühenden Herzscherben und Splitter waren tief in Laurenns Seele gesunken und seither eine schwere Last, die er mit sich tragen musste, wohin er auch ging. Vor sich selbst zu fliehen hatte keinen Sinn. Das war allgemein bekannt. Deshalb hatte der Apotheker auch nie versucht vor seinen Wunden davonzulaufen. Er hatte sie gehütet wie einen Schatz, von dessen Existenz nur er selbst wusste. Niemand durfte die Kostbarkeiten berühren, niemand durfte die Zerbrochenheit spüren. Schließlich war die Kunst eines Heilers zu heilen – und bei all den anderen gelang ihm das auch wahrhaft gut.

Im hinteren Zimmer seiner Apotheke bewahrte Laurenn die Heilmittel auf. Deckenhohe Schränke und Regale voller Elixiere und Phiolen waren dort ordentlich aufgereiht. Dieses half gegen das eine, jenes gegen etwas anderes. So konnte das winzige Fläschchen mit dem grünen, glühenden Trank von Verwirrtheit befreien. Der goldene Nektar hingegen verschaffte ein glückliches Händchen beim Kartenspiel. So hatte ein jedes Mittel seinen Zweck. Der Apotheker kannte sie alle genau. Er wusste von ihrer Beschaffenheit, ihrer Heilkraft und ihrer Bestimmung, denn er hatte sie alle selbst hergestellt. Gedankenversunken lief Laurenn durch einen der schmalen Gänge zwischen den reich bestückten Regalen. Es war grausam, wie ein Verwundeter stand er tagtäglich inmitten eines reichhaltigen Fundus aus Heilsamem und sah dennoch davon ab, seine Wunden zu versorgen. Wäre Laurenn ein anderer, ein Außenstehender, ein Patient – sofort hätte er diesem armen Wicht geholfen. Doch Laurenn war er selbst und die Wunden, die er trug, erzählten davon, wer er war.

Es war schwer zu begreifen und noch schwerer zu erklären. Irgendetwas in Laurenns Innerem weigerte sich dagegen loszulassen. Die Vergangenheit endete nicht, solange er sich nicht selbst heilte. Kein anderer vermochte es. Es war kurios, einerseits wollte Laurenn nichts sehnlicher, als die Vergangenheit Vergangenheit sein zu lassen, das Jetzt wertzuschätzen und sein Leben zu leben, frei von alledem, was sich ereignet hatte. Doch andererseits befürchtete er, es würde dann so sein, als wäre alles das niemals geschehen wie ein Pulver, das er in einer Flüssigkeit auflöste und das somit spurlos verschwand. Oder wie ein lichterloh brennendes Haus, das man löschte und wiederaufbaute. Alle fremden Vorbeigehenden erkannten dann niemals, dass es hier an dieser Stelle ein großes Unglück gegeben hatte. Sie erkannten dann nicht mehr, welche Arbeit es gekostet hatte, mühsam neue Bretter zusammenzunageln, den schweren, neuen Dachstuhl aufzubringen und mit fast unendlicher Geduld alles Verlorene zu ersetzen. Hingegen erschreckte ein niedergebranntes Haus, das in Asche lag und so verblieb, einen jeden, der es sah, sofort. Es brauchte dann keine Erklärungen. Es war leichter nachzuvollziehen, was passiert war. Vorbeikommende hatten dann Verständnis, Mitgefühl – ja, vielleicht half sogar jemand. Laurenn hatte sich damals gewünscht, all das Quälende in seinem Leben wäre nie geschehen, doch das war es nun einmal. Es war zermürbend schwer gewesen, trotz allem so weit zu kommen. Seine Wunden waren der einzige Beweis, den Laurenn für seine Vergangenheit und für all seine außerordentlichen Leistungen hatte, für alles das, was ihm gelungen war. Sie bezeugten, dass alles tatsächlich so geschehen war und dass er es überlebt hatte.

Er hatte es sich nicht eingebildet. Er war nicht zu sensibel gewesen. Nein, die Vergangenheit erzählte von einer grausamen Welt, von rücksichtslosen Menschen, die ihn nicht so geliebt, nicht so beschützt oder wertgeschätzt hatten, wie sie es hätten sollen. Er selbst eignete sich als Zeuge der Vergangenheit jedoch wenig, denn das Geschehene schmerzte zu sehr, als dass er es in seinem Geist präsent halten wollte.

Er war verleitet, alles loszulassen, alles zu heilen und die Welt so zu sehen, wie er sie einst gesehen hatte. Alles wäre weichgezeichnet. Ein glückliches Ende, es würde den Schrecken vollends überdecken. Deshalb brauchte Laurenn seine schmerzenden Wunden, für die Gewissheit, dass alles das, was ihn verletzt hatte, tatsächlich geschehen war und tatsächlich existiert hatte. Heilte er sie und lebte ein glückliches, sorgloses Leben voller Leichtigkeit und Freude, dann würde niemand mehr von den Schrecken wissen, von den Nächten voller Verzweiflung, Hass, Wut und Tränen, von verletzten Fäusten, die vor Ausweglosigkeit gegen steinerne Wände schlugen, bis sie bluteten, und auch nicht von all den Mühen, die es ihn gekostet hatte, trotz allem weiterzugehen. Das Leben hatte Laurenn so vieles abverlangt. Der leichte, ebene Weg, den er so oft bei anderen sah, war nie der seine gewesen. Obwohl er darum wusste, dass es stets noch steinigere Wege als den seinen gab, und dass oft auf den Wegen der anderen nicht das Gesamtbild zu erblicken war, konnte Laurenn dennoch nicht umhin sich leid zu tun. Ein Leid das er sich tat, indem er seine Wunden nicht heilte und die Vergangenheit nicht losließ.

Etwas in ihm wollte, dass die Wahrheit gesehen wurde, *anerkannt* und für wahr befunden. Er wollte so unwahrscheinlich gerne so etwas wie ein Siegel auf die ganze Geschichte pressen und das Wachs erkalten lassen. Ein Siegel, das ihm attestierte, wieso er erschöpft war, wieso ihm das ein oder andere so viel schwerer gefallen war als den vielen anderen um ihn herum. Ein Siegel das sagte, ja, dieses Paket war schwerer als das des anderen, mit dem er sich gerade törichterweise verglich.

Obwohl er wusste, dass darin nichts Gutes lag, verglich sich Laurenn so oft und erkannte meist nur seine Unzulänglichkeit. All die eigene Stärke, die Kraft, den eisernen Willen, die besonderen Talente und Fähigkeiten sah er nicht. Er erkannte sie nicht an, befand sie für gewöhnlich. Gleichwohl brannte in ihm die Überzeugung, anders zu sein als die meisten, die ihn in seiner Apotheke besuchten. Er fühlte sich stärker, leidenschaftlicher, was das Verfechten seiner Ziele betraf, und hin und wieder fühlte sich Laurenn sogar überlegen. Insgesamt betrachtet, sahen andere so viel mehr in ihm als er selbst und obwohl er das genau wusste, so drang es doch nie in seinen Kern vor. Das alles ging nicht gut überein. Sein Zustand verwirrte den Apotheker zuweilen sehr. Gleichwohl war alles das von jener Energie geschaffen worden, die ihn sein Leben lang überleben ließ und so etwas Wertvolles sollte man nicht aburteilen. So hütete er seine Verletztheit wie einen zerbrochenen Schatz.

Eine der Phiolen weckte Laurenns Aufmerksamkeit. Darin befand sich ein gelbes, weiß dampfendes Elixier. Es war hochwirksam, sodass nur ein Löffel davon genügte, um alte Wunden wie die des Apothekers für immer zu heilen. Der warme Schein, der von der Phiole ausging, legte sich auf Laurenns Gesicht. Trank er dies, was würde geschehen? Würde er noch der sein, der er war? Vergaß er am Ende, wie schlimm man ihm mitgespielt hatte in der Vergangenheit? Würde eine wichtige Wahrheit über ihn selbst verblassen, die er so aufopferungsvoll gehegt hatte? Die Vergangenheit mit ihren Schrecken, sie sollte enden und das unbedingt. Doch wollte Laurenn, dass sie gesehen wurde, anerkannt und nie mehr geleugnet. Bloß wie? Was geschehen war, war zu kompliziert, zu ergreifend für eine beiläufige Unterhaltung.

Was geschehen war, war in höchstem Maße persönlich. Die Leute wollten so etwas nicht hören. Wie also konnte etwas zur selben Zeit bleiben und gehen? Wie ließ man etwas los und hielt es gleichzeitig hoch? Der Schein des gelben Elixiers bezeugte geduldig die verzwickte Situation. Laurenn holte tief Luft. Die Vergangenheit hatte ihm so viele Tage gestohlen, so viel Lachen von seinen Lippen gelöscht und so viel Glück vereitelt. Die Wunden mussten heilen. Ein glückliches Leben rief nach ihm. Heute für allemal wollte Laurenn diesem Ruf folgen. So streckte er die Hand nach der Phiole aus, nahm sie und setzte sie an seinen Mund. Ein süßlicher Geruch stieg ihm in die Nase.

Er kannte den Geruch des Elixiers gut. Schließlich hatte er es gebraut und außerdem fand sich Laurenn jeden Tag genau hier ein mit genau diesen Gedanken. Jeden Tag setzte er die Phiole an die Lippen, roch daran und war sich sicher sie heute auf jeden Fall zu trinken. Er wollte so viel mehr als das, was schon geschehen war.

Doch jeden Tag entschied sich Laurenn dagegen und die Vergangenheit endete noch immer nicht. Laurenn wartete auf ein Siegel, auf Erlaubnis, auf Unanfechtbarkeit für seine Lebenswahrheit. Doch nichts davon erschien in seinem Leben. Ermattet über diesen Gedanken ließ der Apotheker auch am heutigen Tag die Phiole wieder sinken. Er betrachtete sie noch eine Weile voller Sehnsucht, voller tiefem, bitterlichem Bedauern. Dann stellte Laurenn das Elixier zurück in das Regal.

VÖRPUN

Vörpun war ein ganz normales Mädchen. Sie lebte in einer ganz normalen Familie in einer ganz normalen Kleinstadt in der Gesellschaft von ganz normalen Verwandten und anderen Kreaturen. Doch obwohl Vörpun so normal war, behandelten sie die anderen anders als andere.

Einige, die mit ihr in dem alten Kino wohnten, vermieden es, Zeit mit ihr zu verbringen und die meisten machten abfällige oder scharfe Kommentare, wenn das normale Mädchen etwas tat oder sagte. Es hieß dann: *Das ist falsch. Das macht man nicht. Du bist wieder so komisch. Dich kann man nirgendwo mit hinnehmen. Du atmest zu laut.* Gefolgt von Sätzen wie: *Was sollen bloß die Leute denken?! Jetzt reiß dich doch einmal zusammen!*

Also riss sich Vörpun zusammen und war genau so, wie sie sein sollte und trotzdem – mal war es ihre Tante, mal ihre Großmutter, mal ihr Onkel oder ihr Vater, die sie harsch kritisierten oder sie in einem unerwarteten Augenblick tadelten. Sie wollten, dass sie einem Filmplakat entsprach, das sie vor sehr langer Zeit einmal als Abbild ihrer Mutter gemalt hatten. Das ganze war verfahren und natürlich konnte niemand so sein, wie die Person auf einem Filmplakat.

Alleine schon die dritte Dimension machte das undenkbar, von der vierten ganz zu schweigen. Deshalb erhielt Vörpun Kritik in großen Mengen und das schon früh in ihrem Leben, oft unterschwellig, getarnt als Besorgnis.

Es war oft wie an dem einen Tag, als sie noch klein war und ein wunderschönes Kleid trug. Ihren Kopf zierte damals ein Hut, den ihr ihre Mutter aufgesetzt hatte. Alles passte perfekt zusammen und war feierlich zusammengestellt für einen festlichen Anlass. Ihre Mutter machte erst Vörpun, dann sich selbst zurecht. So tänzelte das kleine Mädchen freudig und auch ein wenig stolz auf die schönen Sachen, die es trug, durch das Badezimmer. Die Tante, die von weiter her kam, um ebenfalls das Fest zu besuchen, trat durch die Tür. Sie beobachtete das junge Mädchen eine Weile argwöhnisch, grinste dann spitz und sagte:

„Du glaubst, du bist die Schönste – aber das bist du gar nicht!" In ihrem Tonfall lag ein kindisches *ätsch bätsch*, das sie jedoch nicht dazusagte. Ein Scherz, der vieles tarnte und das kleine Mädchen erst verlegen, dann beschämt und dann verzweifelt machte. Ein so unbedeutender Satz und dennoch – seit diesem einen Tag hatte sich Vörpun nie wieder schön gefühlt.

Mit den Jahren waren die Verwandten weniger einflussreich und die anderen Menschen wichtiger geworden. Das Kino, in dem Vörpun lebte, spielte jeden Monat das gleiche Programm. Es kam kein neuer Film hinzu, die Plakate an den Wänden, die Aufstellfiguren, die Verkaufsstände, alles blieb unverändert, so wie es immer war. Nur Vörpun wuchs heran und nahm mehr Platz ein. Ein Umstand, der den Verwandten nicht willkommen zu sein schien. Je größer Vörpun wurde, desto deutlicher schien es zu werden, dass niemand in ihrem Umfeld den Kopf frei hatte für sie. Ein jeder war bis zum Erdrücken mit sich selbst beschäftigt und den eigenen, immer gleichen dramatischen Verstrickungen. Das Kino zeigte stets die gleichen Filme.

Mit der Zeit verwitterte dieser Ort zunehmend und Vörpun entfremdete sich von ihm. Das ergab sich so. Einige aus der Familie verschwanden tragisch, andere lebten sich auseinander oder zogen weg. Dann gab es auch solche, die dem Mädchen so schwer zusetzten, dass es sich gezwungen sah selbst fortzugehen. Nicht verjagt etwa, denn das wäre schlecht für den Klatsch und Tratsch der Leute gewesen, jedoch gekonnt weg geekelt. Das konnte man sagen.

Die Verwandten, sie hatten sich ihr Bild über Vörpun längst gemacht, vielleicht sogar schon, als sie sie zum ersten Mal als Baby gesehen hatten. Sie waren nicht bereit, auch nur ein Stück von ihrer Meinung abzuweichen, ganz egal was das heranwachsende Mädchen erreichte, tat oder wie es sich entwickelte. Die Verwandten besuchten die Filmvorstellungen und verkauften sich gegenseitig Drama wie Popcorn am Bistro. Das Filmplakat, das sie für Vörpuns Abbild hielten, stellten sie groß im Vorraum des Kinos aus. Das tatsächliche Mädchen selbst jedoch scheuchten sie, wann immer sich die Gelegenheit dazu bot, in ein unbesehenes Eck des alten Gebäudes, sodass es bloß niemand sah und niemand bemerkte, dass es nicht zum Plakat passte. Ein Plakat, das wohl gemerkt noch nicht einmal Vörpun zeigte, sondern mit viel Fantasie ihre Mutter. Es war ein grotesker Zustand, unter dem nicht nur Vörpun litt.

Stets blieb das nagende Gefühl in ihrem Leben bestehen, ungenügend, unnatürlich, seltsam und nicht liebenswert zu sein. Sie hatte gelernt, dass sie sich verstellen musste, um im Kreis anderer Menschen akzeptiert oder besser gesagt um *geduldet* zu sein. Auf mehr sollte sie nicht hoffen, denn mehr hatte sie offenbar nicht verdient. Das zeigte die Erfahrung der vielen ersten Lebensjahre. Alles an ihr war so unmöglich, alles an ihr musste man verstecken. Niemand durfte sehen, wer sie wirklich war. Sonst würden sich die anderen Menschen abwenden und das offenbar mit Recht. Denn mit einem so unmöglichen Mädchen sollte sich besser keiner abgeben.

Das galt übrigens auch für Partner. Die Verwandten zogen Vörpun früh damit auf, ob sie denn nun schon einen Freund habe. Aus dem *schon* wurde bald ein *endlich*, aus dem *endlich* wurde schließlich triste Resignation. Sie akzeptierten alle sehr schnell, dass der Rest der Welt Vörpun auch ablehnte, denn das war ja von Anfang an der vorherrschende Verdacht gegenüber dem Mädchen gewesen. Auch Freunde hatte es kaum, was die Verwandtschaft nicht überraschte.

In seltenen Momenten bemühten sie sich Vörpuns Sozialleben aufzuhellen. Nur um ihr dann sogleich wieder schneidende Verurteilung, versteckt in zweideutigen Worten, überzustreuen. Das Mädchen litt ein langes und einsames Leid. Bis sie eines Nachts – angekündigt und wohlgeplant – durch den Vordereingang des alten Kinos davonging.

Sie wanderte mit zaghaften Schritten auf einem festgelegten Weg. Sie hatte sich für eine Richtung entschieden und musste darauf bauen, dass ihre Füße sie ans Ziel trügen. Draußen auf dem Weg und außerhalb der Reihe der Verwandten gab es unglaublich viele Menschen. Sie alle waren unterschiedlich und zugleich einerlei. Manche waren freigeistig, andere hielten sich gerne an feste Routinen. Einige schätzten einen offenen Austausch, andere verstanden sich gut darauf, genau das zu sagen, was man zu sagen hatte. Vörpun genoss im summenden Getummel der Vielen einen großen Vorteil: Sie wusste bereits sehr gut, wie sie alles an sich versteckte. Das hieß auch, dass sie genau steuern konnte, was sie zeigte. Sie konnte die Reaktionen abpassen und so herausfinden, was sie den anderen Menschen gefahrlos offenbaren durfte. Der ein oder andere Umstand brachte Vörpun, die inzwischen längst eine junge Frau geworden war, dazu sich trotz der großen Auswahl an Menschen mit denen zu umgeben, bei denen sie nicht gänzlich frei sein konnte. Im Inneren hatte sie eine präzise Liste, was sich verändern müsste, sodass sie frei und ganz sie selbst sein könnte. Im Grunde hieß das auch, es gab einen Rettungsplan, der irgendwann in naher Zukunft greifen würde.

Das geheime Mädchen von damals war so weit gekommen. Sie hatte alles erreicht, das sie sich als Ziel gesetzt hatte und noch so viel mehr. Jeder Schritt, den sie machte, befreite sie etwas, brachte sie weiter. Jeder Tag, an dem sie sich in Künsten übte, in wohltuenden Routinen, in wertschätzenden Gedanken, war ein Meilenstein in dem prächtigen Monument ihres Lebens. Jeder Schritt und jeder Tag kostete unendlich viel Kraft.

Von außen sah diesen Weg kaum jemand und die, die es taten, waren innige Vertraute für Vörpun geworden. Eingeweihte sozusagen. Mitstreiter, die auf einem ähnlichen Weg waren, die von einem anderen Punkt aus an einen anderen Punkt hindrängten – und das in denselben Stiefeln und auf demselben Wanderweg. Es war eine tiefe Wohltat, ein Balsam für die Seele, nicht mehr allein zu sein und sich einigen wenigen ganz anvertrauen zu können. Diese Menschen in Vörpuns Leben waren aus Sicht ihrer Verwandten im Grunde eine Anomalie, die es nicht geben konnte. Entsprechend taten sie oft so, als glaubten sie, Vörpun hätte sich ihre Freunde nur ausgedacht. Hatte sie das?

Manchmal befiel sie diese Frage. Ein dumpfer Verdacht würgte sie in diesen Momenten dann erst zu Tränen und schließlich in den Schlaf. Glaubte Vörpun nur aus einer unerträglichen Verzweiflung heraus, die Freunde würden sie mögen? War sie in Wirklichkeit gar nicht so wichtig für ihre Begleiter, wie sie dachte, oder wie es die Freunde für sie waren? War die Geborgenheit und Wärme nur ein Trugschluss?

Meistens ließen sich die Gedanken zerstreuen. Doch wie ein Gummiball, den man an Wände warf, kamen sie wieder. An manchen Menschen gingen gute Gärtner verloren, verstanden sie sich doch so gut darauf, Unkraut und Disteln zu setzen, die erst viele Jahre später grünten und stachen. Man konnte Menschen meiden und sogar verlassen, doch das, was sie einen gelehrt hatten, das überdauerte.

Mit den Menschen im Alltag war es ähnlich verworren. Vörpun hatte oft das Gefühl, dass sie ihr etwas neideten, sich in ihrer Gesellschaft unwohl fühlten, sich unnötig rechtfertigten oder versuchten sie klein zu reden. Nach einiger Zeit des Betrachtens dieses unlogisch erscheinenden Verhaltens entwickelte Vörpun eine Theorie. Sie teilte sie mit einigen Vertrauten und fand sich bestätigt. Es konnte also tatsächlich sein, dass sie, das unmögliche, seltsame Mädchen, das sich besser verstecken sollte, wenn es nach ihrer eigenen Verwandtschaft ging – die Masse der Menschen in vielen Belangen übertraf. Die anderen verglichen sich mit ihr und fühlten sich unwohl dabei. Kein Wunder, Vergleiche mit anderen waren schließlich nie sinnvoll. Man verglich nur teilweise, Äpfel mit Birnen, den Mond mit Ananas. Man konnte sich nicht hundertprozentig mit einem anderen vergleichen. Allein schon, weil man den anderen – und schon gar nicht sich selbst – zu hundert Prozent kannte. Der Vergleich hinkte immer.

Vörpun litt unter diesen Vorkommnissen. Sie wollte bei anderen keine schlechten Gefühle verursachen. Das widersprach ihrer Sehnsucht nach Akzeptanz. Also versteckte sie noch mehr von sich, gerade die Dinge, auf die andere neidisch oder verunsichert reagierten. Wenn sie jemanden kennenlernte, erzählte sie fast nichts über sich und tarnte es geschickt als Interesse am Gegenüber. Derlei lernte Vörpun viele Tricks und allesamt trugen sie beachtlich dazu bei, Vörpuns Selbstwert weiter zu zerstören. Es war ein Paradox für sie. Zum einen hatte sie gelernt, unmöglich schlecht zu sein, sodass sie sich auf keinen Fall so geben durfte wie sie war, weil sie sonst mit Sicherheit verstoßen würde. Zum anderen fanden die Menschen sie oft zu gut, sodass sie sich ebenfalls auf keinen Fall so geben durfte wie sie war, weil sie sonst den anderen ihre Aufmerksamkeit mit quälenden Gefühlen vergelten würde. So oder so stand fest: Vörpun durfte nicht so sein, wie sie war.

Dann gab es noch die Menschen, die einen Vorteil aus ihrer Verlorenheit schlugen. Sie bemerkten, dass sich Vörpun fügte und verstellte, gerade so wie es der andere brauchte. Ihre Empathie war eine verkannte Gabe und obwohl sie viel Gutes hervorbrachte, so war eben diese Fähigkeit sich in andere hineinzuversetzen die Waffe, die die junge Frau ständig gegen sich selbst richtete. Nur weil sie wusste, was andere wollten, im Sinn hatten, befürchteten – nur deshalb konnte Vörpun die ideale Leinwand für die Verirrungen anderer Menschen sein. Da waren Männer, die ihr einredeten, wertlos zu sein. Sie hatten dafür so viele Worte, so viele Taten, doch im Grunde ließ es sich so zusammenfassen. Und da waren verschiedene Leute, die es ausnutzten, genau zu wissen, was Vörpun sich ersehnte: Aufmerksamkeit, Zuneigung, Akzeptanz und die erlösende Bestätigung, in Ordnung zu sein, ganz genau so wie sie tatsächlich war. Sie alle hinterließen Spuren. Tiefe Gräben, schwere Felsen auf Vörpuns Weg, die es später zu überwinden galt. Abermals mit unendlich viel Kraft.

Natürlich waren da ihre Freunde, die ihr oft sagten und zeigten, das alles gut war. Doch in Vörpuns Welt war es das nicht. Die Vergangenheit brannte lichterloh. Die Zukunft lag schwer wie die Bürde des Atlas auf ihren schmalen Schultern. Das Jetzt gab es fast nie. Es zerrann wie kostbarer Goldstaub in Vörpuns Händen, ohne dass sie es spüren konnte. An manchen Tagen war die Last so schwer, dass sich alles in ihr abschaltete. Dann war sie wie ein umgekehrter Geist. Ein Körper, der sich bewegte und lebte, der aber gefühllos und unberührt von dem blieb, was geschah. Ein unangenehmer Zustand für eine Seele, die sich kunstvoll ganze Welten erdachte – und das nur, um etwas weniger einsam zu sein.

Je länger die Lebensreise andauerte, desto genauer waren Vörpuns Lösungswege. Die Parade der Schatten aus der Vergangenheit lichtete ihre Reihen, demaskierte sich reihum und wurde zu fruchtbarem Boden für neue Wahrheiten. Auf diese Weise überdachte Vörpun eines Abends ihr alltägliches Schauspiel einmal mehr. Was steckte hinter dem Drang zum Versteckspiel? Wie konnte sie sich den anderen Menschen gegenüber öffnen, ohne dass jemand darunter litt? Wie konnte sie die anderen dazu bringen, sie zu akzeptieren, sie nicht auszuschließen, obwohl oder weil sie so war, wie sie wirklich war? Es musste eine Lösung dazu geben. Es gab immer eine und irgendwann fand man sie.

Vörpun ging an diesem Abend spazieren, um darüber nachzudenken, was sie als nächstes tun konnte, um freier zu werden und nicht mehr so viel von sich zu verstecken. Der Sommerabend führte sie an einem Strand vorbei, an dem Menschen unter Schirmen in Liegestühlen saßen und gekühlte Getränke genossen, während hinter den bewaldeten Hügeln ein farbenfroher Sonnenuntergang zu sehen war. Ein Paar kam Vörpun entgegen, hielt kurz Sichtkontakt und passierte sie dann. Vörpun analysierte die Szene: Hatten die beiden etwas gedacht? Hatten sie ein Urteil gefällt? Würden sie zu einer anderen Meinung gelangen, wenn Vörpun andere Kleider trüge?

Die Strandsitzer lärmten belustigt in ihrem gemütlichen Treiben. Gläser klirrten von der Strandbar her. So viele Menschen waren hier. Alle waren sie in sich selbst vertieft, selbst die, die in Gesellschaft waren, dachten doch eigentlich fast ausschließlich an sich. Das war auch in Ordnung so, sie mussten darauf achten, dass ihr leibliches Wohl gewährleistet war und vermutlich trieb auch unter ihnen den ein oder anderen die quälende Frage um, wie sie die anderen dazu bringen konnten, sie zu mögen. Wer wollte nicht beliebt oder besser noch *geliebt* sein?

Im Zwielicht kamen häufiger Passanten an Vörpun vorbei, die auf einer Bank Stellung bezogen hatte, um zu beobachten und nach einer Antwort für sich zu suchen. Einige bunte Lichter schmückten den Strand, sodass es nicht gleich ins Auge fiel, aber da war ein Flackern in der Luft. Vörpun kniff die Augen zusammen, um es genauer zu erkennen. Eindeutig, da waren Lichtkegel in verschiedenen Farben zu sehen. Sie wechselten ständig in ihrer Intensität wie das Flackern eines Filmprojektors, der ein aufgezeichnetes Bild auf eine Leinwand warf. Vörpun traute ihren Augen nicht. Konnte das wirklich sein? Jeder der Menschen an dem Strand befand sich in einem oder mehreren dieser flackernden Projektionen. Sie überlagerten sich. Das Lichtspiel ging jeweils von einem Menschen aus und traf auf einen anderen. Ging dieser weiter, fiel es ins Leere – auf den Strandsand oder einen der Schirme. Kam dann ein anderer Mensch vorbei, trat er in das Lichtspiel und schon zeigte sich auf ihm dasselbe Bild. All das fand den ganzen Strand entlang statt. Zwischen den Menschen, die sich dort amüsierten, gingen flackernde Projektionen hin und her. Unter ihnen verschwand nahezu alles, das der *getroffene* Mensch mitbrachte. Er diente nur als Leinwand. Auf ihm zeigte sich genau das, was ein anderer Mensch ausstrahlte.

Vörpun saß wie gebannt auf der etwas entfernten Bank. Die Nachtluft wurde allmählicher kühler, eigentlich Zeit nach Hause zu gehen. Doch das Spektakel vor ihren Augen zog sie in seinen Bann. Da war sie, ihre Antwort. Unverkennbar offensichtlich und in verständliche Häppchen gepackt. Vörpun verstand: Andere Menschen sahen in ihr stets genau das, was sie sehen wollten. Die anderen sendeten etwas aus, das wie eine bunte Filmprojektion über ihre Silhouette tänzelte. Ein jeder spielte einen anderen Film ab und je nachdem war Vörpun manchmal zu gut, manchmal zu schlecht, manchmal genau richtig und manchmal das Kind, das schon immer zu seltsam für die Verwandten war. All ihre Überlegungen darüber, was sie von sich zeigen durfte, hatten zu der Erkenntnis geführt, dass niemand sie wirklich sah. Auch dann nicht, wenn sie sich wirklich zeigte. Denn egal, was Vörpun tat, trug, sagte, oder wie sie sich gab – der projizierte Spielfilm der anderen Menschen überdeckte es ohnehin. *Feuerfrei für vogelfrei*, dachte Vörpun. Aber halt, etwas in ihr wollte sich noch immer verstecken. Wieso noch verstecken?

Sie sah an sich hinunter, wie sie aufgeregt dasaß, die Finger in das Holz der Bank gekrallt. Auf Höhe ihres Herzens trug Vörpun selbst einen Projektor. Er war klein und unauffällig. Auch er warf einen Lichtkegel durch die Nacht. Das Bild, das er zeigte, traf auf die Hinterwand eines weißen Zeltes, sodass alles klar zu erkennen war. Aus Vörpuns Herzprojektor tänzelte ein zutiefst vertrauter Mensch auf die Leinwand. Dann kam ein zweiter hinzu, ein dritter und wieder der erste. Das waren sie, die Menschen, von denen sich Vörpun Anerkennung, Geborgenheit und Akzeptanz ersehnt hatte, aber sie damals nicht fühlte. Es waren Bilder aus weiter Vergangenheit. Sie rührten die junge Frau zu Tränen. Es war wie ein Kopfsprung in eine alte, vertraute Welt, die sich dank viel Nostalgie schön und leicht anfühlte – obwohl sie es tatsächlich wohl niemals gewesen war.

Während Vörpun verträumt an die Zeltwand schaute, auf der sich ihre ganz persönliche Projektion in Farbe und Bewegung darbot, lief einer der Strandgäste an der Bank vorbei. Er hatte den Blick gesenkt und lief unbeirrt weiter, als er in den Lichtkegel trat und Vörpuns Filmprojektion abbekam. Sein Körper ersetzte das Zelt als Leinwand. Ohne dass er irgendetwas davon merkte oder etwas dazu beitrug, sah Vörpun in ihm urplötzlich einen Menschen, von dem sie sich Anerkennung und Akzeptanz wünschte. Nicht, weil er besondere Eigenschaften aufwies – nein, über diesen Mann wusste Vörpun nicht das Geringste – sondern einfach bloß deshalb, weil die Projektion auf ihn fiel. Vörpun sah ihm nach, bis er in der Dunkelheit des Gehwegs verschwand. Zwei andere kamen vorbei: das selbe Spiel. Sie traten in den Lichtkegel, merkten es nicht und Vörpun sah in ihnen, was sie in ihnen sehen wollte, Menschen nämlich, die ihr ihren innigen Herzenswunsch erfüllen konnten, wenn sie sich nur genug anstrengte. Dann verschwanden auch sie im Dunkeln und die Projektion fiel erneut zurück auf die Zeltwand.

Vörpun schnaubte und schüttelte den Kopf. Sollte es die ganze

Zeit über so offensichtlich gewesen sein, dass es gar nicht darauf ankam, wer man war und was man zeigte, weil ein jeder ohnehin nur das sah, was er interpretierte? Projizierte ein jeder nur von sich auf andere? Nun, wenigstens hatte sie jetzt eine Antwort für sich gefunden, die sie weiterbrachte. Nun wusste sie, woran sie arbeiten konnte, um freier zu werden. Vörpun stand auf, um sich auf den Heimweg zu machen. Da kam eine Gruppe Jugendlicher auf sie zu. Mit einem Mal trafen sechs verschiedene Lichtkegel auf Vörpuns Körper und verschmolzen auf ihr. Ein hektisches Flackern entstand auf ihren Kleidern, auf ihrem Gesicht, auf ihren Händen – kurzum überall dort, wo das Licht sie traf. Wenn es das war, was andere in ihr sahen, dann war es gut, dass sie das nicht zu sein versuchte. Warum? – Weil es ein heilloses Chaos an Wünschen war. Keine Form war dort mehr ganz. In dem wilden Gewirr an Linien und Farben, die sich zuckend bewegten, ergab nichts Sinn oder gar einen gesunden Charakter. Die Jugendlichen passierten Vörpun. Die Bilder auf ihr verschwanden. Zurück blieb die beruhigende, nächtliche Dunkelheit.

Vörpun atmete tief aus. Sie selbst zu sein erschien ihr plötzlich sehr einfach, verglichen mit dem Versuch, den Erwartung anderer gerecht zu werden. Dieser Abend machte ihr deutlich, dass es gänzlich unmöglich war, alles zu sein, was andere in ihr sahen. Es war schlichtweg *unmöglich*. Für gewöhnlich akzeptierte Vörpun dieses Wort nicht. Sprach es jemand aus, tat sie das vermeintlich Unmögliche erst recht. Man musste es vielleicht eingrenzen, es war unmöglich für einen Menschen. Ein Filmprojektor vermochte es wohl.

Als sie zuhause ankam, musterte sich Vörpun lange vor dem Spiegel. Dort erblickte sie etwas, das sie völlig einnahm: Die Antwort, die sie beim Spaziergang gefunden hatte, war nur ein Teil. Jetzt erkannte sie das Ganze.

Die Projektion, die von ihrem Herzen ausging und die zuvor die Zeltwand getroffen hatte, fiel nun in gleicher Manier in den Spiegel. Genau wie zuvor zeigte sie das Bild der Personen, deren Meinung Vörpun wichtig war. Licht wird gemeinhin von Spiegeln reflektiert und so kam es, dass Vörpuns Projektion nun in den Spiegel und zurück auf sie selbst traf. Das – das fühlte sich richtig an. Ein warmes, behagliches Gefühl breitete sich in Vörpuns Herz aus. Der einzige Mensch, dessen Anerkennung und Akzeptanz sie brauchte, *war sie selbst*. Zumindest war es das, was sie im Augenblick im Spiegel sah. Das gute Gefühl wurde immer stärker. Dann klackte etwas wie harter Kunststoff, der in Stücke zerbrach.

Vor Vörpuns Füße fielen kleine Bruchstücke des Projektors, der aus ihrem Herzen heraus Bilder in die Welt geworfen hatte. Im Spiegel sah die junge Frau nur noch sich selbst, die Abbilder der Vergangenheit waren verschwunden. Offenbar bekam den Projektoren das schöne Gefühl in sich selbst zu ruhen nicht. Vielleicht gingen sie auch einfach nur kaputt, wenn sie sich selbst trafen. Wie Magie, die sich aufhebt, wenn sie auf dieselbe Magie trifft. Oder wie zwei gleichpolige Magnete, die einander abstießen. Egal was es war, Vörpun musste unvermittelt lächeln. Sie fühlte sich erleichtert. Befreit.

Ihr Projektor war nicht mehr da. Keine Projektionen mehr. Andere Menschen würden ihr nun nur noch vorkommen wie andere Menschen eben. Nicht mehr wie die übergeordneten Richter, die darüber entschieden, ob Vörpun wertvoll war oder verdammt werden sollte. Nur noch andere Menschen, fremde Menschen, von denen Vörpun nicht mehr erwarten mussten, als dass sie einfach Menschen waren. Ihr Urteil würden sie sich sicherlich weiterhin machen, doch war nun klar, dass dieses Urteil keine große Bedeutung mehr für Vörpuns Welt hatte. Wenn sie nun wollte, dass sich jemand anderes gut fühlt, dann um ihn zu unterstützen – nicht mehr wie zuvor, um sich selbst bei diesem Menschen beliebter zu machen. Nun, da die anderen Vörpuns Sehnsucht nach Liebe und Anerkennung nicht mehr erfüllen konnten, weil sie nichts mehr damit zu tun hatten, erhielt sie selbst eine maßgebliche Aufgabe. Nun war sie selbst der einzige Mensch, der ihren eigenen Wert bestätigen konnte. Hier war sie also. Frei über sich zu glauben, was auch immer sie wollte.

Nach allem, was hinter ihr lag, war es mit der bahnbrechenden Erkenntnis allein wohl aber noch nicht getan. Das wusste Vörpun aus Erfahrung in anderen Angelegenheiten. Sie musste sich ab sofort immer wieder daran erinnern, ihr Denken und Handeln danach ausrichten und sich so Schritt für Schritt, Tag für Tag auf ihr Ziel zubewegen. Das ging jetzt viel beschwingter als je zuvor. Denn ohne den alten Projektor wirkte der Wanderrucksack ihres Lebens um Tonnen leichter.

ARKANIA

Gastbeitrag von Emma Ruby

Arkania sank immer weiter nach unten: hellblau, nebelig, embryonal. Sie hatte die Arme um ihre Oberschenkel geschlungen. Als kleines Mädchen ließ sie sich in dieser Position oft im Schwimmbecken treiben, den Rücken wie einen Schildkrötenpanzer nach oben und nach unten die geschützte, eingerollte Vorderseite ihres Körpers. Wenn sie die Luft ganz langsam ausstieß, bewegte sie sich hinab bis auf den Grund des Pools wie ein großer alter Stein. Schwerelos und doch schwer genug.

So glitt sie auch jetzt immer weiter und tiefer durch den blauen Nebel. Allerdings musste sie weder ausatmen noch schien die Luft knapp zu werden. Immer, wenn ein Impuls sie überkam, ihre Situation zu überprüfen, machte sie stattdessen die Augen fester zu und überließ sich der friedlichen Tiefe.

Wie lange konnte sie sich dem Hinuntersinken hingeben? Vielleicht hörte es einfach gar nicht mehr auf? Arkania wollte noch nicht eingreifen, noch nicht auftauchen. Sie sank in der schwerelosen Stille noch eine Weile … noch ein bisschen länger … nur noch … für immer?

Unter ihr in dem hellen Blau tauchten die Überreste einer Stadt auf. Immer noch wog Arkania ruhig und friedlich ab, wann wohl der richtige Zeitpunkt gekommen war, sich aus einem trance-ähnlichen Zustand herauszuschälen. Die Stadt dort unten übte einen eigenartigen Sog auf sie aus. Schließlich öffnete sie ihre halb geschlossenen Augen und entfaltete sich langsam, als hätte sie in einem Kokon aus Watte gelegen. Dass sie eine hellgrüne Schwanz-flosse hatte, war nicht wirklich erstaunlich.

Arkania glitt in die überwachsenen Ruinen hinunter. Es war so leise hier. Sie trieb durch Kanäle, die einst Straßen gewesen sein mussten. Jetzt waren sie mit Sand gefüllt. Von den meisten Häusern war kaum mehr als das oberste Stockwerk zu sehen. Dachstuhlgerippe, mit Korallen verziert und mit Meeresgrün, das sanfte Schlieren zog. Das Wasser fühlte sich an wie ein kühler Sommerwind, der ihren Körper umschmeichelte, nur dichter, weniger flüchtig. Arkania hatte das Umgebungselement gewechselt.

Sie tauchte in Zimmer ein, durch glaslose Fenster wieder hinaus, ein neugieriges Gleiten von Raum zu Raum. Drinnen oder draußen zu sein war kein Unterschied. Öffnungen waren keine Eingänge, sondern die Möglichkeit Kurven zu schwimmen und die zurück-gewonnene Wendigkeit zu genießen. Auf zwei Beinen bewegte es sich eckiger und gewichtig.
    Doch war es kein reiner Spieltrieb, der Arkania durch die Straßen gleiten ließ. Sie folgte einem Leuchten, das sie eher vermutete als wusste, einer Ahnung, die sie gleich einem Kompass steuerte.

Als sie die goldene Kugel fand, in der Ecke eines bis zur halben Höhe versandeten Zimmers ohne Dach, war sie nicht überrascht, sondern sicher, das gefunden zu haben, was sie verlockt hatte, aus der hellblauen Schwerelosigkeit des Sinkens zu erwachen.
    „Ich werde sie nach oben bringen." Auch das war ihr im selben Moment klar.

Arkania hob die Kugel auf. Sie hatte in etwa die Größe einer Orange. Nicht zu klein und nicht zu groß, eine genau passende Größe. Eben genau die Größe der Kugel, die der Frosch der Königstochter gebracht und die Arkania versprochen hatte zurück an Land zu bringen.

Sie wog die Kugel in der Hand. Sie würde zurückkehren.

Gerade als sie sich auf den Rückweg machen wollte, ließ eine winzige Wahrnehmung sie zögern. Oder eher eine Wasserbewegung, ein Impuls, der sich ihr mitteilte wie einer Fledermaus, die Schallwellen verarbeitet.

Und tatsächlich, durch einen der Kanäle bewegte sich noch ein Wesen, schnell und wendig wie sie selbst. Welche Schönheit, welche Eleganz.

Fraglos begab sich Arkania an seine Seite. Zeitloses Wissen, zeitloses Erkennen, wenn Vertrautes sich begegnet. Wie ferngesteuert bewegten sich die beiden Halbwesen durch das versunkene Atlantis. Es war der Gleichklang, um den es ging, die Harmonie der gemeinsamen Bewegungen, die jede Trennung aufhob, sie zu Einem werden ließ. Nichts anderes war wichtig.

Gab es da eine Goldkugel? Gab es etwas, das sie zurück an Land rief?

Falls ja, Arkania erinnerte sich kaum. Vereint mit dem vertrauten Wesen, mit dem sie schwamm, war sie wieder Teil dieses großen Einklangs geworden, untrennbar, verbunden mit den Wellen, den Strömungen, die ihren Körper umschlangen und dem klaren Wissen, gemeinsam in die Einheit des Meeres zurückzukehren. Sie waren eineiige Zwillinge im Mutterleib des Ozeans, Liebende auf dem Weg ins Nirvana.

Mit einem letzten Rest Körpererinnerung spürte Arkania kurz

das Gewicht der Goldkugel in ihrer Hand. Nicht fesselnd, aber konkret. Und sie spürte ihr Herz. Sie hatte ein Versprechen gegeben. Arkanias Bewegungen wurden langsamer und langsamer und langsamer.

Ihr Vertrauter zog an ihr vorbei, ohne sich umzusehen – tiefer und tiefer hinein ins helle Grün der endlosen Weiten. Auch er schien einem Ruf zu folgen. Seinem Ruf.

Sie spürte ein kurzes Bedauern, auch bei ihm – wie ein Blatt, das vom Baum fällt, ein kurzes Innehalten.

Arkania schaute ihm lange nach, bis er eins mit dem Ozean war. Diesmal musste sie zurückkehren. Viele andere Male schon hatte sie ihn begleitet. Eine feine Melancholie berührte ihr Herz. Sie hob die Hand, wie um zu winken, dann drehte sie sich um und schwamm zurück, zurück an Land. Dort erwartete sie ein anderer, dem sie die Goldkugel bringen wollte.

Sie trat an den Strand und wurde Mensch. Noch einmal. Wieder.

Suche und finde
Artis LuMara auch auf folgenden Plattformen:

Artis LuMara lebt zusammen mit zwei Kaninchen und einem Zitronenbaum in mitten einer romantischen Altstadt. Die Liebe zum Ersinnen von Geschichten ist alt, der Mut zum Veröffentlichen neu. Mit dem erschienen Kurzgeschichtenband wechseln die Texte der Autorin erstmalig in die gedruckte Buchform. Zuvor begeisterten digitale Publikationen die seit vielen Jahren loyale Leserschaft. Besondere Beliebtheit genießen die zauberhaft inszenierten „Geheim-Lesungen" LuMaras im kleinen Kreis.

Das Genre der Erzählungen bewegt sich in Urban Fantasy, ergänzt von klassischen Fantasyelementen und Science-Fiction. Die Texte sind Kaleidoskope an tiefen Beziehungen, engen Freundschaften und intensiven Begegnungen. Sie sind durchzogen vom Motiv des persönlichen Wachstums im Leben: So kämpfen sich die Charaktere mal mutig und mal entkräftet durch harte, ausweglose Situationen, bis sie zuletzt das erreichen, was sie sich erträumten.

Die Erzählungen laden dazu ein, sich in fantastischen Welten zu verlieren und gleichzeitig sich selbst zwischen den Zeilen wiederzufinden, sich verstanden zu fühlen und neu kennenzulernen. Ein kleiner Ausflug hinaus aus dem manchmal erdrückenden Alltag und hinein in eine leuchtende, lebendige Parallelwirklichkeit.